Nicht alle Tage scheint die Sonne

Hanne Katz

Kurzgeschichten über das Leben (2)

Nicht alle Tage
scheint die Sonne

14 kurze Geschichten

aus dem Alltag ganz normaler Menschen

über deren Vergangenheit,

Gegenwart und Zukunft

Hanne Katz

IMPRESSUM

Bibliografische Information der Deutschen Nationalbibliothek
Die Deutsche Nationalbibliothek verzeichnet diese Publikation in der Deutschen Nationalbibliografie; detaillierte bibliografische Daten sind im Internet über https://portal.dnb.de abrufbar.

Copyright © 2023 – Hanne Katz
Herstellung und Verlag: BoD – Books on Demand, Norderstedt
Autorin: Hanne Katz
Covergestaltung: Hanne Katz
Covermotiv: Hanne Katz
Fotos: Hanne Katz
ISBN: 9783757802462

Inhaltsverzeichnis

Bäumchen wechsel dich

Sie sind Ende der Siebziger geboren, Sandra und Nicole, Michael und Tobias. Die beiden Mädchen begannen ihr erstes Schuljahr in derselben Schule. Sie fürchteten ihre Lehrerin Frau Bauer, die streng und unfreundlich war und sofort die Eltern informierte, wenn eines der Kinder seine Hefte oder das Lesebuch vergessen hatte. Im zweiten Schuljahr übernahm Frau Fischer die Klasse. Sie brachte mit ihren originellen Ideen, das Einmaleins und andere schwierige Rechenaufgaben zu beherrschen, viel Schwung in die Klasse. Sandra und Nicole besuchten diese Schule bis zur vierten Klasse, ohne sich besonders miteinander anzufreunden.

Sandra und ihre beste Freundin Nele wohnten in derselben Straße und schienen unzertrennlich. Nicole dagegen hatte sich gegen Ende des ersten Schuljahres einer Mädchengruppe angeschlossen, deren Mitglieder sich in den Pausen in eine Ecke zurückzogen und miteinander tuschelten. Nach der vierten Klasse wechselten beide Mädchen in jeweils eine andere Schule. Sie begegneten sich gelegentlich, bis sie sich nur noch schwach an einander erinnerten.

Michael kam in seinem zehnten Lebensjahr mit Eltern und Geschwistern in die Stadt. Er verließ die Schule im Alter von sechzehn Jahren, machte eine Lehre als Bürokaufmann und arbeitete später in einer der großen Firmen der Umgebung. Er verdiente gut, trat einem Schachclub bei und widmete sich an den Samstagen dem Spiel.

Tobias war zwei Jahre vor den Mädchen in dieselbe Schule gekommen. Sie waren sich während der Schulzeit sicher gelegentlich begegnet, ohne sich kennen zu lernen. Tobias machte eine Ausbildung als Tierpfleger und arbeitete seitdem im Tiergarten der Stadt und an den Wochenenden spielte er mit Begeisterung Fußball.

Nach ihrer Ausbildung als Kindergärtnerin bekam Sandra eine Stelle in einem Hort nah an ihrem Wohnort. Sie betrieb kein besonderes Hobby, traf sich häufig mit ihren Freundinnen, hauptsächlich um sich die neuesten Filme anzuschauen und um danach gemeinsam darüber zu schwärmen. Nicole lernte Bürokauffrau, nahm an verschiedenen Fortbildungen teil und schaffte es mit Mitte zwanzig, eine gut bezahlte Stelle als Buchhalterin zu bekommen. Sie spielte Handball und liebte besonders den Sommer und das Schwimmen in den nahegelegenen Seen.

2003 heirateten Sandra und Michael. Sie hatten sich zwei Jahre zuvor beim Tanz in den Mai kennen gelernt. Sandra war, weil sie genauso gerne aß, was sie kochte, ein wenig üppig geworden. Sie hatte dunkelblondes glattes Haar, das ihr bis zu den Schultern reichte, blaue Augen und volle Lippen. Die beiden bildeten ein schönes Paar. Sie im weißen langen Brautkleid und er zum ersten Mal in seinem

Leben in einem dunkelblauen Anzug. Sie wurden gefeiert von den Eltern, Verwandten und Freunden und sie versprachen sich, diesen schönsten Tag in ihrem Leben nie zu vergessen.

Die Tochter Lena kam zwei Jahre nach der Trauung zur Welt. Auf ein zweites Kind mussten sie aus gesundheitlichen Gründen verzichten, worunter Sandra eine Weile sehr litt. Michael, glücklich über seine Tochter, tröstete Sandra und meinte: „Schauen wir mal, wenn wir in einigen Jahren genug verdienen, werden wir ein zweites Kind adoptieren."

Nicoles Sohn Jan wurde geboren, einige Wochen nachdem ihr langjähriger Freund mit dem Motorrad tödlich verunglückt war, ohne zu erfahren, dass er Vater werden würde. Zwei Jahre später nahm sie den einjährigen Sohn ihres Bruders zu sich, nachdem amtlich festgestellt wurde, dass seine Eltern ihn nicht versorgen konnten. Nicole schlug sich noch einige Zeit mit dem Jugendamt herum, bis Klarheit darüber herrschte, dass sie Tom, so wurde er genannt, bei sich behalten konnte. Ihr Bruder besuchte seinen Sohn ein bis zwei Mal im Jahr, in den Phasen, in denen er teilweise auf den Alkohol verzichtete. Beide Jungens betrachteten Nicole als ihre Mama.

Nicole erbte unerwartet von einem entfernten Verwandten ein heruntergekommenes Einfamilienhaus und ein wenig Geld, mit dem sie das Häuschen renovierte. Tobias lernte sie kennen, als die beiden Jungen in den Kindergarten aufgenommen wurden, und Nicole wieder Vollzeit arbeiten konnte. Kurze Zeit später zog Tobias bei ihr ein und sie fühlten sich alle zufrieden.

Die beiden Familien wohnten in derselben Stadt im Süden des Landes. Michael und Sandra in einer gut geschnittenen Wohnung mit Balkon in einem Mietshaus am Rande der Stadt. Nicole und Tobias in ihrem Schloss, wie sie ihr Haus mit Garten nannten, das am Anfang einer Reihe von Einfamilienhäusern stand.

Die beiden Frauen begegneten sich vielleicht gelegentlich auf der Straße oder einem Kinderspielplatz, ohne einander zu erkennen. Doch eines Tages schlenderte Nicole über den Markt, schaute sich um und überlegte, was sie für das Wochenende einkaufen wollte. Da entdeckte sie gegenüber eine Frau, die sie zu kennen glaubte. Sie grübelte, wo war ihr das Gesicht schon einmal begegnet, aber es wollte ihr nicht einfallen. Kurz entschlossen lief sie zu ihr hinüber. „Verzeihung, aber kennen wir uns nicht?"

Sandra, in Gedanken beim sonntäglichen Mittagessen, schaute sie erstaunt an. „Ich weiß wirklich nicht... aber doch... sag, bist du nicht Nicole?" „Richtig, waren wir nicht zusammen in derselben Klasse?" „Doch, jetzt fällt es mir ein, du bist Sandra, die beste im Aufsatzschreiben." „Und du bist die Nicole, die fantastische Handballspielerin." Die beiden stellten fest, wie sehr sie sich verändert hatten und erinnerten sich der Jahre, als sie noch mit Pferdeschwanz und kurzen Röcken auf dem Schulhof herumtollten. Jetzt standen sich zwei verheiratete Frauen Ende zwanzig gegenüber. Nachdem Überraschung und Wiedersehensfreude abgeklungen waren, schlenderten sie gemeinsam zu einem Stand, der Kaffee und Kuchen anbot, setzten sich, um einander zu erzählen, wie es ihnen in den letzten Jahren ergangen war. Es verging gut eine halbe Stunde, als beide erschrocken auf die Uhr blickten und sich daran erinnerten, dass sie längst zuhause erwartet wurden. Sie trennten sich, nachdem sie ihre Telefonnummern ausgetauscht und einander versichert hatten, sich bald wieder zu treffen. Es dauerte einige Wochen, der Herbst hatte sich bereits angekündigt, als Nicole sich entschloss, Sandra anzurufen und zum Sonntagnachmittagskaffee einzuladen.

An einem späten Frühlingstag wurde Sandra mit ihrem Mann und der Tochter erwartet. Nicole hatte sie bereits entdeckt, als sie am Gartenzaun entlang spazierten. Sie lief ihnen entgegen, um das Gartentor zu öffnen. Zunächst stand man sich für einen Moment abwartend gegenüber. Nicole lud sie mit einer Geste ein, an dem bereits gedeckten Tisch Platz zu nehmen. Die Kinder, alle drei noch keine fünf Jahre alt, setzten sich an den sogenannten Kindertisch. Die Väter wechselten einige Allgemeinsätze und versuchten sich gegenseitig einzuschätzen, während die Frauen Kaffee und Kuchen heraustrugen und verteilten. Tobias hielt eine kurze Willkommensrede, die heftig beklatscht wurde. Während des Essens und Trinkens wurden nur wenige Worte gewechselt. Später zeigten die beiden Jungen dem fremden Mädchen den Garten und bald sah man sie alle drei über die Wiese laufen. Die Erwachsenen redeten über dies und das und stellten bald fest, dass sowohl ihr Alltag als auch ihre Interessen und Meinungen sich in vielen Punkten ähnelten. Die Eltern arbeiteten, die Kinder waren im Kindergarten untergebracht, gelegentlich ging man ins Kino, sonntags wurden häufig Ausflüge in die nähere Umgebung unternommen. Der Nachmittag zog sich bis in die frühen Abendstunden. Die Sonne hatte sich zurückgezogen, ein schwacher, kühler Wind wehte durch den Garten. Sandra mahnte zum Aufbruch. Man würde sich bald wieder treffen, das wünschten sich alle, auch die Kinder.

Im Nachhinein betrachteten die beiden Ehepaare dieses erste Treffen als sehr gelungen. Man hatte sich für drei Wochen später zum Grillen im Schrebergarten von Sandra und Michael verabredet. Die beiden Männer, beide schlank und groß, Tobias mit sportlicher Figur, schmalem Gesicht, großer Nase und häufig wechselndem Gesichtsausdruck. Michael sah gut aus. Er strich sich häufig die langen Haare aus dem Gesicht und pfiff leise vor sich hin, was ihm ein spitzbübisches Aussehen verlieh. Die beiden Männer unterhielten sich gern über Fußball, die Frauen gaben sich Tipps über günstige Einkaufsgelegenheiten und erzählten von ihren Kindern. Gelegentlich diskutierte man über aktuelle Themen, meistens über die Stadtpolitik, die Lebensmittelpreise oder den miserablen Zustand der öffentlichen Spielplätze. Ein halbes Jahr später traf man sich bereits jedes zweite Wochenende in dem einen oder anderen Garten. Vor den Sommerferien diskutierte man über einen eventuellen gemeinsamen Urlaub, aber die persönlichen Vorlieben waren in diesem Punkt zu verschieden. Sandra und Michael schwärmten von ihren jährlichen Ferien am Meer, während Nicole und Tobias sich meist an einem der Seen in den Bergen tummelten.

So vergingen die Jahre. Es entwickelte sich eine solide Freundschaft zwischen den Ehepaaren. Ohne darüber zu sprechen, gab es ein stillschweigendes Übereinkommen, nichts über die eigene Ehe anzudeuten oder gar zu erzählen. Die Streitereien, die Kränkungen, die zärtlichen Stunden, die Gefühle füreinander wurden während der gemeinsamen Unternehmungen niemals erwähnt.

Sandra ärgerte sich oft über ihren Michael. Er war so gutmütig und so nachlässig in allem. Wenn sie irgendetwas störte, zuckte er mit den Schultern, so nach dem Motto: was kann ich machen? Und was sie manchmal, wie sie selbst sagte, in den Wahnsinn trieb, er betrachtete das Leben und alles, was passierte, mit Humor. Er konnte über sich selbst und seine Schwächen lachen, aber auch über die der anderen. Wenn sie gelegentlich voller Zorn über ihre Kolleginnen schimpfte, dann sagte er kopfschüttelnd: „Ich verstehe nicht, warum du dich so aufregen musst?"

Nicole dagegen beobachtete mit Sorge, dass Tobias oft und gern zu viel trank. Er war nicht der Typ, der nach einigen Gläsern Alkohol aufsässig wurde, sie anschrie oder ähnliches. Nein, das Gegenteil passierte, er zog sich zurück und war nicht mehr ansprechbar. Er brummelte nur leise vor sich hin. Und er wünschte, in Ruhe gelassen zu werden.

Nicole hatte es oft angesprochen, morgens oder mittags, wenn er noch nichts getrunken hatte. Aber vergeblich, er schien gar nicht zuzuhören. „Ja, lass mich in Ruh", brummte er nur.

Die beiden Männer schienen mit ihrer Situation recht zufrieden zu sein. Sie lebten für ihren Job, den Fußball, das Schachspiel. Sie liebten die Kinder, die gemeinsamen Grillnachmittage und nahmen das Leben so, wie es eben ist.

Die beiden Ehepaare schlenderten gerade ins neunte Jahr ihrer Bekanntschaft, da überschattete eine plötzliche Attacke ihre enge Freundschaft. Eigentlich schien das tägliche Leben eher leichter geworden, die Kinder waren nun Teenager und brauchten längst nicht mehr die ständige Betreuung. Alle vier Eltern arbeiteten Vollzeit und verdienten genug. Man konnte sich einiges leisten. Doch da schlich sich etwas Neues, noch nicht Erkennbares wie ein kühler giftiger Wind in die Beziehung der beiden Paare. Es gab schon mal ein harsches Wort, eine beleidigte Miene, einen stummen Protest, aber nichts Greifbares, nur kleine Störungen.

Bis Anfang Mai Sandra plötzlich die Nerven verlor. Es begann so überraschend, dass die anderen drei sie kopfschüttelnd anstarrten. Sie beschimpfte sie alle, sie würden so verlogen sein und sich etwas vormachen, aber eigentlich sei alles Lüge. Michael schickte die Kinder weg. „Geht spazieren oder spielt miteinander", meinte er. Sie folgten widerstrebend, aber zogen sich dann doch zurück. Sandras anfängliches Toben richtete sich hauptsächlich gegen Nicole. Sie schrie, sie wisse schon, was Nicole plane, ohne zu sagen, was sie damit meinte. Dann plötzlich verwandelte sich ihre Wut in heftiges Weinen. Tobias gelang es nur mühsam heraus zu finden, was mit ihr los war. Er legte den Arm um sie und ging mit ihr ein paar Schritte weiter. Sie erzählte ihm unter Tränen, dass Nicole eine heimliche Beziehung mit ihrem Michael anstrebe. Tobias schüttelte den Kopf. „Nein, du irrst, das hätte ich doch bemerkt." Da begann Sandra sofort wieder zu schreien und Nicole lautstark zu beschuldigen. „Gib es doch zu; du bist hinter ihm her. Das merke ich schon eine Weile und dein Tobias geht dir schon lange wegen seiner Trinkerei auf den Nerv."

Michael packte während des Geschreis ihre Sachen zusammen, schickte die Tochter zum Auto, nahm Sandra beim Arm und zog sie mit sich fort. Nicole und Tobias atmeten auf. „Und?", fragte er schließlich, „sagte sie die Wahrheit? Ist da was dran?" Nicole schüttelte den Kopf. „Aber wer hat ihr erzählt, dass ich trinke? Das kannst doch nur du gewesen sein." Nicole erwiderte: „Falls es dir noch nicht aufgefallen ist, das weiß mittlerweile die ganze Stadt." Tobias nahm wortlos seine Jacke und verschwand. Die beiden Buben kamen völlig erhitzt vom Fußballspielen angerannt. „Was ist los? Habt ihr Streit?" „Das kann man so sagen, aber ich weiß noch nicht genau warum." „Man weiß doch, warum man streitet, oder?" „Na manchmal auch nicht. Kommt rein, ich mache Abendessen." Tobias kam nach einer halben Woche ziemlich runtergekommen wieder zuhause an. Er roch nach Alkohol, seine Augen waren verquollen und seine Gesichtshaut schien gespenstisch weiß. Er erzählte von einem Freund, bei dem er übernachtet hätte. Nicole schickte ihn ins Bad. Am nächsten Morgen, Tobias sah immer noch zerknittert und elend aus, sprach Nicole die Sache an. „Sandra hat da was ins Rollen gebracht. Ich habe nie mit dem Michael geflirtet, aber es gibt ein größeres Problem, ich habe genug von deiner Trinkerei. Entweder du unternimmst etwas dagegen oder du kannst ausziehen." „Ist das dein Ernst?" „Ja", sagte sie und räumte den Frühstückstisch ab. Tobias murmelte etwas von, „das täte dir so passen, aber ich denk gar nicht dran", und zog sich zurück ins Schlafzimmer. Nicole verbrachte eine unruhige Nacht. Einerseits machte sie sich Vorwürfe, weil sie Tobias so hart herausgefordert hatte, andererseits wollte sie schon der Kinder wegen keinen Trinker mit durchfüttern. Sie befürchtete, er würde in kürzester Zeit seinen Job verlieren. Sie ahnte nicht, dass sein Chef ihm schon ein Ultimatum gestellt hatte. „Entweder sie nehmen eine Auszeit mit Alkoholentzug oder sie sind entlassen."

Tobias stellte sich schlafend, als Nicole die Schlafzimmertür am nächsten Morgen behutsam hinter sich schloss. Sie frühstückte gemeinsam mit den Kindern, bevor sie alle drei das Haus verließen. Der Tag dehnte sich unendlich, obwohl sie sich genug Arbeit aufgeladen hatte, gelang es ihr kaum zu verhindern, dass sie sich in Gedanken immer neue Szenarien ausdachte, wie alles mit Tobias enden würde. Nach der Arbeit erledigte sie noch rasch den Einkauf. Schon bevor sie die Gartentür öffnete, umfing sie die Einsamkeit des Hauses. „Das bildest du dir nur ein", sagte sie laut zu sich selbst. Aber sie irrte sich nicht. Das Haus öffnete sich ihr kalt und leer. Tobias hatte den blauen Koffer und einen Teil seiner Kleidung mitgenommen. Eine plötzliche Wut überschwemmte Nicole. Sie packte den alten braunen Koffer, schritt ins Schlafzimmer und warf seine restlichen Hosen, Hemden und Strümpfe hinein, schloss ihn und stopfte dann seine Schuhe in einen Plastiksack und stellte beides in den Flur. „Mama, was machst du denn da?" Plötzlich standen die beiden Jungen vor ihr. Sie schwieg. „Ist er abgehauen?" Sie nickte. „Mama, mach dir nichts draus. Wir bleiben bei dir", tröstete sie Tom der Ältere. „Ja, wir werden dich auch beschützen", fügte Jan eifrig hinzu.

Sandra ließ sich nicht beirren. Da spielte sich etwas ab zwischen Nicole und Michael. Aber sie vermied einen weiteren Streit und reagierte auch nicht auf seine Sticheleien. Michael zeigte nie seine Wut. Er rächte sich durch kleine scharfe Attacken. „Bist du eifersüchtig? Oder in Wahrheit neidisch auf Nicole? Ist es das, was dich wütend gemacht hat?!" Sandra reagierte nur mit einem „Lass mich in Ruhe."

Michael begann nachzudenken. „Irgendwie", so sinnierte er, „ist unsere gemeinsame heile Welt zerbrochen, aber das lag nicht an Nicoles Verleumdungen, das muss sich schon eine Weile angebahnt haben. Aber was ist geschehen? Haben wir uns gelangweilt? Waren wir einander überdrüssig?" Er fand keine Antwort, aber er lockerte leise und heimlich ein wenig das Band, das ihn und Nicole zusammen hielt. Oder hatte es sich schon gelockert? Und ist es dies gewesen, was sie spürte? Vermisste sie die Höhepunkte in ihrer Ehe? Ist die Vertrautheit verloren gegangen? War Sandra deshalb darüber so in Wut geraten? Die beiden lebten die nächsten Wochen neben einander und haderten gleichzeitig über die fehlende Nähe.

Die Sommerferien nahten, Tochter Lena plante, mit ihrer Sportgruppe zum Zelten an die Ostsee zu fahren. „Und was macht ihr?", fragte sie eines Abends. Die Eltern, ein wenig betreten, schüttelten die Köpfe. „Wir wissen es noch nicht", meinte Sandra. „Nein", widersprach Michael, „ich bin mit Bert zum Segeln in Griechenland verabredet." Sandra schüttelte irritiert den Kopf und stolperte aus dem Zimmer. Michael signalisierte der Tochter, es gäbe keinen Grund zur Aufregung, er würde das regeln und lief ihr nach. Die Auseinandersetzung zwischen beiden in den nächsten Minuten läutete das Ende ihrer Ehe ein. Sie hatten es beide nicht gewollt, es passierte einfach, es wurde nicht geschrien, es fielen nur selten böse Worte. Nachdem Michael so dahingesagt hatte, dass er allein in Urlaub fahren würde, zerbrach ihre Ehe. Später versuchten sie sich zu erinnern, was eigentlich wirklich geschehen war. Sie fanden keine Erklärung. Danach verlor man sich aus den Augen, Sandra reiste mit einer Freundin nach Sylt, Michael nach Athen und die Tochter zum Zelten. Als Sandra nach drei Wochen erholt und entspannt die gemeinsame Wohnung betrat, war Michael schon ausgezogen.

„Vorübergehend", wie er ihr in einem kurzen Brief schrieb. Sie überlegte, die Scheidung einzureichen.

Nicole blieb in diesem Sommer zuhause. Mit ihren beiden Jungens baute sie den Garten rund ums Haus vollständig um. Das Gartenhäuschen wurde entrümpelt und gestrichen. Die Grenze zum Nachbarn endlich mit dicken Büschen zugebaut, ein zweites Erdbeerbeet wurde eingerichtet. Die Jungen gruben heimlich ein tiefes Loch und füllten es mit Wasser, aber es versickerte, doch mit Hilfe eines Freundes entstand tatsächlich ein kleiner Teich, den sie Nicole zum Geburtstag schenkten. Abends radelten sie zu dritt an den einige Kilometer entfernten See zum Schwimmen und Erholen. Später unter der Dusche überlegte Nicole, in welch verkommener Absteige Tobias wohl untergekommen war und wie und wo er lebte. Befand er sich in einem scheinbar nie endenden Rausch oder hatte er sich einmal zusammengenommen und über sich nachgedacht?

In den nächsten Monaten wurde beiden Paaren bewusst, dass auch ihre Freundschaft zu Ende war. Es gab keine gemeinsamen Sonntage, kein Grillen, keine Telefonate, besonders die beiden Frauen mieden den Kontakt miteinander. Die Kinder fragten immer seltener, wann man denn wieder zusammen etwas unternehmen würde, bis sie es aufgaben.

Drei Monate später, Anfang Dezember an einem Samstagabend, klingelte es bei Nicole. Jan der ältere sprang auf, denn er erwartete einen Freund. Draußen stand

Michael, lächelte schüchtern. „Du bist es, komm rein." Michael zögerte, aber Jan zog ihn ins Wohnzimmer. Einen Moment stand die Welt still. Niemand sprach, Nicole blieb im Sessel sitzen, richtete sich ein wenig auf und legte ihr Buch auf den Tisch. Tom, der eben den Raum betreten wollte, stand – die Tür noch in der Hand – ruhig auf der Schwelle. Jan war neben Michael stehen geblieben. Er löste schließlich die Erstarrung auf. „Ratet mal, wer uns besuchen kommt." Er schubste Michael, sodass er einige Schritte in die Mitte des Raumes lief, Nicole stand langsam auf, ging auf Michael zu und umarmte ihn, die lange zurück gehaltenen Tränen rollten über ihre Wangen. Sie löste sich langsam von ihm. Jan fragte: „Bleibst du zum Essen?" Michael schaute zu Nicole: „Ja doch", sagte sie, „bleib zum Essen." „Störe ich auch nicht?" „Natürlich störst du", sagte Jan, „deswegen musst du auch bleiben." Endlich wurde ein wenig halbherzig gelächelt.

Dann lief alles, als wäre es abgesprochen. Nicole verschwand in die Küche, das Essen war schon vorbereitet. Die Jungens brachten das Geschirr und die Getränke. Irgendwann saßen alle um den Tisch und aßen eifrig. Später, die beiden Jungen waren verschwunden, erzählten sich Nicole und Michael, was in ihrer Familie seit dem letzten gemeinsamen Treffen geschehen war. Gegen zehn am Abend verabschiedete sich Michael. Nicole begleitete ihn hinaus bis vor das Gartentor. Dann hielt sie inne, schaute zu ihm hoch und sagte: „Wir waren mal befreundet, dass du uns besucht hast, zeigt mir, dass wir es noch sind." Michael lächelte. „Ich wohne im Moment sehr beschränkt, leider kann ich dich nicht zu mir einladen, aber vielleicht darf ich wieder kommen." „Jederzeit", sagte Nicole, „ich würde mich freuen."

Zwei Wochen später meldete er sich telefonisch bei Nicole und den Jungen an. Er erschien dann in Jeans, Hemd, Krawatte und hielt unter seinem Arm einen Karton mit zwei Flaschen Wein und einem bunten Blumenstrauß. Nicole lächelte, die Jungens zogen die Augenbrauen hoch und sahen sich vielsagend an. Nach dem Essen und viel Geplauder über dieses und jenes verabschiedeten sich die beiden Knaben und Michael und Nicole saßen sich plötzlich allein gegenüber. Michael unterbrach die wenigen Sätze, die sie sich hin und her warfen, über das Essen, das Wetter und die Welt. „Es ist Zeit, darüber zu sprechen, was nach diesem unglücklichen Sonntag vor einem halben Jahr passiert ist." „Ja und was ist geschehen"? „Sandra hat die Scheidung eingereicht. Sie war immer noch der Ansicht, dass ich dir nachstelle. Aber mein Anteil bestand darin, dass ich ohne es vorher zu erwähnen, allein in Urlaub gefahren bin." „Na ja, es ist nie einer alleine schuld. Ich habe Tobias vor die Wahl gestellt, entweder er unternimmt etwas gegen seine Sauferei, die mächtig zugenommen hatte, oder er muss mein Haus verlassen." „Und, wo lebt er jetzt?" „Ich weiß es nicht. Er ist eines Abends verschwunden, hat einige Tage später, als nur Jan zuhause war, seine restlichen Sachen mitgenommen und ward nicht mehr gesehen." „Vielleicht hat es in unseren beiden Ehen ein Auseinanderleben gegeben und wir haben nichts gemerkt." „Wir waren nicht verheiratet." „Dann bleibt dir wenigstens der Scheidungskrieg erspart." Nicole erhob sich und holte ihre Jacke. Aus dem Flur heraus hörte er sie sagen: „Lass uns noch eine Runde laufen, es ist ein nebliger Novembertag. Ich liebe den Nebel." Sie wanderten schweigend durch die leeren Gassen, der Nebel verhüllte die Häuser und die Bäume am Wegesrand. Als sie sich verabschiedeten, nickten sie sich stumm zu, drehten sich um und gingen ihres Weges, sie in ihr Haus und er in seine momentane Bleibe. Ihre Treffen wurden regelmäßiger, meistens am Wochenende. Am ersten Advent lud Michael Sonja und die Jungens zum Essen in ein Restaurant in der Innenstadt ein.

Sandra hatte tatsächlich die Scheidung eingereicht. Begründung: böswilliges Verlassen. Sie hatte Michael aufgefordert, seine Sachen abzuholen. Er wollte über Lena reden, wann konnte er sie sehen? Nach einem langen Streit, die beiden wähnten sich allein in der Wohnung, kam Lena herein gestürmt und schrie: „Ich bin kein Stück Möbel, dass ihr euch teilen müsst. Ich will Papa sehen, wann ich will und ich möchte mit ihm auch in Urlaub fahren dürfen." „Also gut", erwiderte Sandra mit müder Stimme, „ihr könnt euch regelmäßig sehen, macht es miteinander aus, auch mal in Urlaub fahren ist in Ordnung. Aber vergiss nicht, du lebst bei mir." Bernd umarmte seine Tochter, flüsterte „bis bald" und verließ die Wohnung.

„Was machen wir mit Michael?", fragte Nicole ihre Söhne kurz vor Weihnachten. „Er feiert mit uns", riefen die beiden wie aus einem Mund. „Na gut, wenn ihr euch das wünscht, dann laden wir ihn ein." „Mama, täusche uns nicht, du möchtest es doch auch", sagte Tom. „Außerdem könnte er doch hier einziehen. Er passt gut zu uns", fügte der Große hinzu. Nicole schüttelte den Kopf, „ich sage jetzt nichts mehr. Wir laden ihn einfach ein."

Sandra fühlte sich am Ende ihrer Kraft, als die Scheidung endlich ausgesprochen war. Ich muss raus, überlegte sie, ich muss einfach ganz weit weg. Aber um Himmelswillen wohin und wer bezahlt das? Dann überfiel sie ein Gedanke. Sie wollte möglichst weit weg. Frankreich wäre spannend, ein wenig französisch, glaubte sie, würde sie noch zustande bringen. Sie grübelte und sprach mit Freundinnen, sie war fest entschlossen. Der Hort, in dem sie arbeitete, stimmte zu, dass sie eine Auszeit für ein Jahr nahm. Für die Wohnung wurde schnell eine Untermieterin mit Kind gefunden und in Le Havre würde sie halbtags als Erzieherin arbeiten und den restlichen Tag Land und Leute genießen. Lena, zunächst wenig begeistert, freundete sich aber nach einem Besuch in dem Internat mit dem Gedanken an, dass es ihr vorübergehendes Zuhause sein würde. Die Ferien sollte sie abwechselnd mit Mama oder Papa verbringen.

Tobias ist nicht auf der Straße gelandet, sondern er entschied sich nach zwei Nächten unter der Brücke für einen Entzug. Sein Plan? Sich einen Job in einem großen Zoo suchen und damit auch in eine andere Stadt wechseln.

Und Sandra? Sie genoss ihre neue Arbeit und die viele freie Zeit, in der sie gern herum wanderte und die Umgebung erkundete. Sie schloss neue Freundschaften und die Männer in Frankreich gefielen ihr. Sie flirtete schon mal mit dem einen oder anderen. Michael ist bei Nicole eingezogen und irgendwann auch in ihr Schlafzimmer.

Mein Freund Peter

Wir kennen uns schon seit vielen Jahren, mein Freund Peter und ich. Genau gesagt seit dem Ende unserer Schulzeit. Peter landete in Frankfurt in unserem Gymnasium etwa sechs Monate vor der Prüfung für das Abi. Er betrat das

Klassenzimmer mit unserem Lehrer, der ihn vorstellte. Er schaute sich um, nein er betrachtete jeden einzelnen von uns, dann setzte er sich neben mich. Während der Pause stand er mit verschränkten Armen am Hofeingang und beobachtete die Schüler. Die jüngeren rannten hinter einander her und wir älteren standen in kleinen Grüppchen zusammen und schwätzten. Damaliges Thema: der Neue. Er kam wohl aus Berlin. Wir fragten uns, warum er mitten im Schuljahr Stadt und Schule wechselte, war er aus der Schule gefeuert worden? Und wenn ja, was hatte er angestellt? Wir haben es nie erfahren. Nachdem Peter eine Woche lang in den Pausen allein am Tor stand und uns beobachtete, begann er zu sprechen, nur mit mir, aber immerhin. Er sagte kein Wort über sich, sondern er fragte mich aus über die Themen, die wir in diesem Jahr in den einzelnen Fächern besprochen hatten. „Wieso willst du das wissen?" Er lächelte und sagte: „Eben da drin ist der Stoff fürs Abi versteckt." „Meinst du wirklich?" „Ja, ich hab mit meinen Vorgängern gesprochen, das ist immer so gewesen." Seitdem lernten wir gemeinsam. Er bewies viel Fantasie in der Auswahl der möglichen Fragen und um es kurz zu machen, er schrieb das zweitbeste Abitur und ich das drittbeste. Bester war unser Streber Michael.

Danach studierte Peter Kunstgeschichte und wechselte nach einem Jahr in die Kunsthochschule und studierte Grafik. Ich schrieb mich an der Uni in meinem Lieblingsfach Physik ein. Wir haben uns nie aus den Augen verloren, trotz unserer vielen Reisen nach Italien, Frankreich, Griechenland und in die USA. Peter arbeitete als freier

Grafiker, und ich bekam einen Job in einem der großen Konzerne. Wir heirateten beide einige Jahre nach dem Studium. Seine Frau gebar ihm bald einen Sohn, aber ließ sich scheiden kurz nach dem ersten Geburtstag des Kindes. Zur selben Zeit kam unsere Tochter auf die Welt, dann kamen noch zwei Söhne. Ich bin immer noch mit derselben Frau verheiratet. Bei Peter lief das Privatleben in eine andere Richtung. Um es kurz zu sagen, geheiratet hat er nicht mehr. Aber seine Geschichten mit Frauen nahmen kein Ende.

Dazu muss ich eine kleine Erklärung liefern: Peter 1,85 groß, schmales Gesicht, lebhafte Augen, schmale Nase und einen vollen Mund, der aber keineswegs mädchenhaft wirkte. Peter sah und sieht immer noch aus, als hätte ihm ein Engel das Leben eingehaucht. Außerdem ist er ein Charmeur. Ich bewundere ihn dafür. Er ist nicht einschmeichelnd oder gar süßlich, es fehlen mir die Worte, eine Freundin von ihm hat es mir erklärt. „Weißt du", sagte sie, „er vermittelte mir immer das Gefühl, als kenne er mich besser als ich mich selbst. Er hat immer geahnt, gewusst, weiß der Himmel wie, wie ich mich fühlte, was ich mir wünschte. Gleichzeitig ist er ein sehr männlicher Typ." „Warum hast du dich dann von ihm getrennt?" „Weil jede Frau sich sofort in ihn verliebt. Und ehrlich gesagt, das hat mich auf Dauer sehr gestört." „Du meinst er hat…" „Nein, betrogen hat er mich nie." Ja so war er. Die Frauen haben ihn geliebt, und sie wollten ihn für sich alleine haben. Peter hatte soviel ich weiß selten kurze Affären, seine Beziehungen hielten sich oft einige Jahre und meist war es die Frau, die sich von ihm trennte. Er sagte dann immer: „Das war schon vorauszusehen." Nur das Verhältnis zu Veronika blieb eine Ausnahme, es währte viele Jahre. Wir unternahmen häufig gemeinsame Theaterbesuche oder kurze Reisen, oder luden uns gegenseitig zum Essen ein. Die temperamentvolle Veronika schaffe es des Öfteren, Peter aus der Fassung zu bringen. Peter erzählte mir gelegentlich von ihren Streitereien und seine Geschichte endete mit den Worten: „Ich weiß nicht, wie lange ich das noch aushalte." Dann eines sonnigen Herbstnachmittags gab es den allerletzten Streit. Peter erzählte es mir einige Tage später.

„Ich möchte nicht wissen, wie viele von diesen Weibern, die dich anhimmeln, du schon flachgelegt hast", schrie Veronika nach einem langen Streit, in dem sie sich beschwerte, dass er nicht genügend Zeit für sie hätte. „So ging das schon mindestens zwei Stunden", erzählte er, „das hat mich so genervt, dass ich spontan Schluss gemacht habe." Veronika wollte das so nicht hinnehmen. Es vergingen einige Wochen, in denen sie immer wieder vergeblich versuchte ihn umzustimmen. Dann kehrte endlich Ruhe ein. Peter der neben seiner Arbeit als Grafiker die Malerei für sich entdeckte, widmete sich mehr und mehr dem Malen und es gelang ihm, eine kleine Ausstellung in einer der Frankfurter Galerien zu realisieren. Er blieb allein und arbeitete wie ein Verrückter. Auch nach der Eröffnung der Ausstellung, die im Übrigen sehr erfolgreich war, änderte sich wenig. Er behauptete, die Arbeit würde ihn erdrücken. Er zog sich aus dem geselligen Leben zurück. Allerdings war er trotzdem noch gelegentlich Gast in unserem Haus. Wir redeten über die Kunst, die Politik, die neuesten Filme und Theaterstücke, aber nie über sein Privatleben. Eines Tages erschien er strahlend und aufgeregt bei uns zum Abendessen, meine Frau warf mir einen bedeutungsvollen Blick zu. Nein, keine neue Liebe, sondern der Verkauf von einigen Bildern und ein weiteres Angebot für eine Ausstellung.

Ein gutes Jahr nach der Trennung von Veronika, sagte Peter zweimal hintereinander eine Einladung zum gemeinsamen Kinobesuch ab. Das schien nicht der Peter, den wir kannten zu sein. Lebte er tatsächlich nur noch für die Malerei, oder wurde er depressiv? An eine neue Freundin glaubten wir nicht, die hätte er uns längst vorgestellt. Doch dann, einige Wochen später, ich erinnere mich genau. Der Mai hatte uns endlich einige sonnige Tage beschert, rief er mich an und lud uns zum Essen in seine neue Wohnung ein. Er hatte schon Anfang des Jahres von ihr geschwärmt: Ein Domizil mitten in der Stadt, nicht zu laut. Aber er müsse noch viel an der Einrichtung arbeiten. Wir selbst wohnten außerhalb, schon der Kinder wegen, die aber bereits damit spekulierten, bald in eine eigene Hütte zu ziehen. Also fuhren meine Frau und ich in die Stadt, suchten einen Parkplatz und plauderten während des kurzen Weges miteinander. Auf das, was uns erwartete, waren wir nicht gefasst. Peter öffnete die Tür, ein köstlicher Duft wehte uns entgegen, ein strahlender Peter empfing uns, wir legten ab und betraten sein Esszimmer. Als ich den gedeckten Tisch und den herrlichen Blumenstrauß sah, schloss ich unwillkürlich die Augen und als ich sie wieder öffnete, sah ich eine etwa zehn Jahre jüngere Frau uns gegenüber. „Darf ich euch Anita Strom vorstellen", sagte Peter mit dem üblichen gleichmütigen Ton in dem man eben seine Gäste ankündigt. Ich dachte nur, na endlich, aber sie sieht so anders aus, sie passt gar nicht zu ihm. Peter hatte wie wir alle wahrscheinlich immer einen ähnlichen Typ von Frauen bevorzugt, schlank, groß, gut aussehend und war sich dessen sehr bewusst. Anita, kleiner als üblich, sehr gut aussehend, ja, aber sie spielte nicht damit, sondern gab sich bescheiden. Peter strahlte und sie lächelte ihn an. Sie schienen sehr verliebt, so wie ich es bei ihm nie erlebt habe. Wir genossen einen vergnügten Abend. Das Essen war von auserwählter Güte. Wir führten eine lebhafte Unterhaltung zweier Paare, die einen seit dreißig Jahren verheiratet, die beiden anderen wohnten seit zehn Tagen gemeinsam in einer Wohnung.

Als meine Frau und ich am späten Abend die beiden verließen, nahm mich meine Frau bei der Hand und wir tanzten einige Schritte bis zum Auto, uns an unsere alte Liebe erinnernd. Anita lebte und arbeitete erst seit wenigen Monaten in Frankfurt. Sie hatte ihren Heimatort im Ruhrgebiet verlassen und hier eine gut bezahlte Stelle als Sekretärin ergattert, wie sie uns erzählte. Sie verließ morgens gegen neun Uhr die Wohnung und kam gegen siebzehn Uhr zurück. Peter arbeitete viel, denn er hatte genügend Aufträge und in der übriggebliebenen Zeit widmete er sich der Malerei. Abends kochte er oder man speiste auswärts. Die Wochenenden, so erzählten sie uns, verbrachten sie meist zuhause, um die Zweisamkeit zu genießen. Unsere gegenseitigen Besuche nahmen ab, die neue Liebe hatte Vorrang. Das stimmte mich nachdenklich, denn in den vielen Jahren seit wir uns kannten, hatten wir regelmäßig Kontakt, außer einer von uns trieb sich irgendwo in der Welt herum. „Ob dies in einer Ehe endet?", fragte meine Frau Lisa. Ich zuckte mit den Schultern. Wir sahen uns nach längerer Pause zur Hochzeit meines ältesten Sohnes, dessen Taufpate Peter ist. Trotz dem Trubel und den Aufregungen, natürlich hatte mein Ältester die Ringe zuhause gelassen, die Schwiegermutter war in den falschen Zug umgestiegen und ich musste sie in Friedberg mit dem Auto abholen, genossen wir dieses wunderbare Fest. Anita in Gesellschaft sonst eher zurückhaltend, redete mit allen und jedem. Peter selbst zeigte sich charmant und leutselig wie immer.

Gegen elf Uhr nachdem die ersten Gäste das Fest verließen, fischte Peter seine Anita heraus aus der Menge und mahnte zum Aufbruch. Das schien eine kleine Diskussion heraufzubeschwören, soweit ich das aus der Ferne beobachten konnte. Ich wurde abgelenkt, meine frisch gebackene Schwiegertochter bat mich um einen Tanz und als ich eine Weile später nach ihm Ausschau hielt, waren er und seine Freundin verschwunden.

Einige Wochen verstrichen ohne dass er sich meldete, ehrlich gesagt, mir selbst wehte zu dieser Zeit beruflich ein scharfer Wind um die Ohren. Ich hatte ihn aus dem Sinn verloren. Nachdem beruflich wieder die übliche

Gelassenheit eingetreten war, fragte ich meine Frau, ob sich Peter gemeldet hätte, immerhin waren seit der Hochzeit vier Monate vergangen. Sie verneinte. Ich wählte seine Nummer, keine Antwort, ich bat um Rückruf, keine Reaktion.

Es verging noch einige Zeit, bis er sich meldete. Ich erkannte ihn zunächst nicht an der Stimme, denn er sprach sehr leise. Ob er mal vorbeikommen könne, es sei einiges passiert. Ich lud ihn ein, am nächsten Tag mit uns zu essen. „Kein Essen", sagte er „ich muss mit dir sprechen, allein." „Dann komm heute. Lisa hat ihren Frauenabend." Er murmelte etwas wie, er würde gegen sieben bei mir sein. Ich erwiderte, ich würde eh zuhause bleiben, da hatte er schon aufgelegt.

Gegen halb sieben erschien ein Peter, den ich so nicht kannte, tiefe Augenringe, blass und gleichzeitig mit geröteten Wangen, als hätte er geweint. Er sagte nichts, warf sich in einen unserer Sessel und zog eine Zigarette heraus. Ich öffnete das Fenster ein Stück weit. Bei uns wurde nicht geraucht, aber ich scheute mich, ihn daran zu erinnern. Er sprach lange nicht. Schließlich mit leiser Stimme. „Es ist zu Ende mit mir und Anita." Er schwieg eine Weile. Dann brach es aus ihm heraus.

„Vor etwa vierzehn Tagen", so begann er, „erhielt ich vormittags gegen elf Uhr einen Anruf von der Polizei. Man fragte mich, ob ich eine Brigitte Zeller kennen würde, was ich verneinte, aber der Mann am Telefon ließ nicht locker.

Ich würde doch nicht allein wohnen, meinte er, ich solle ihm doch sagen, wer bei mir wohnt. Ich sagte ihm Anitas Namen und daraufhin teilte er mir kurz mit, sie würden bei mir vorbeikommen. Ich solle zu Hause bleiben, sagte er noch." Peter unterbrach seine Erzählung und zündete sich wieder eine Zigarette an. Ich öffnete das zweite Fenster. Eine Weile herrschte eine gespenstische Stille. Ich wartete. Peter stand auf, lief einmal um den Tisch herum, der bei uns mitten im Wohnzimmer seinen Platz hat, dann schritt er wieder zu dem Sessel, in dem er vorher gesessen hatte. „Also um es kurz zu machen, Anita ist nicht Anita, ihr Name ist ein anderer, sie ist eine Diebin und sie sollte schon vor mehr als einem Jahr eine einjährige Haftstrafe antreten, wie der Polizist sich auszudrücken pflegte. Damals ist sie aus Köln verschwunden und hat ihr halbjähriges Kind bei ihrer Mutter zurückgelassen."

Er schluckte, es schien mir, als sei er den Tränen nahe. Dann fuhr er fort. „Sie arbeitete auch nicht, wie sie mir erzählt hatte, in diesem Büro an der Hauptwache, sondern sie verbrachte ihre sogenannte Arbeitszeit im Hotel X und war dort als Prostituierte tätig. Mehr gibt es nicht zu sagen." Er schwieg, ich auch, es schien mir einen Moment, als wollte er mich reinlegen, vielleicht um als den Höhepunkt dieser irren Erzählung seine Hochzeit anzukündigen. Aber eigentlich fand ich das zu absurd. Allerdings schien mir, was er erzählte, noch unwahrscheinlicher. Obwohl ich mit dem Rauchen Schluss gemacht hatte, nahm ich mir von ihm eine Zigarette, zündete sie an, holte einen Schnaps und schenkte uns zwei Gläser ein. Ich hatte während der letzten zwanzig Minuten immer auf Peter gestarrt. Es klingelte. Lisa hatte wie häufig ihren Schlüssel vergessen. Ich öffnete ihr und erklärte ihr kurz die Situation. Peter nickte ihr kurz zu und erzählte seine Geschichte ein zweites Mal. Die Tränen rannen Lisa über ihre Wangen. „Das arme Baby", schluchzte sie, „ihr Kind wird das nie vergessen." „Und ich schon?", fragte Peter. „Nein, aber du kannst den Schmerz überwinden, das Kind vielleicht nicht." „Schön, dass du das gesagt hast. Ich werde sie morgen im Gefängnis sehen. Aber ich muss mich jetzt verabschieden. Es gibt noch einiges mehr zu erzählen. Vielleicht in einigen Tagen." Wir umarmten ihn und er eilte davon.

Drei lange Wochen herrschte Schweigen. Ich rief ihn an und sprach auf Band. Er antwortete nicht. Dann tauchte er unangemeldet eines Abends wieder auf, und kaum hatte ich ihn hereingebeten, da fing er auch schon an, mit dieser spröden neuen Stimme zu sprechen: „Ich weiß, wieviel ich euch zumute, aber ihr seid die einzigen, mit denen ich über diese Sache reden kann. Verzeiht mir." „Da gibt's nichts zu verzeihen, wir sind doch Freunde. Wir hören dir zu", erwiderte meine Frau. Peter küsste sie auf die Wange. Ich lächelte. Sein Charme war noch nicht verschwunden, ein positives Zeichen. Ich öffnete eine Flasche Rotwein und wir machten es uns im Wohnzimmer bequem. Peter ließen wir die Zeit, sich zu sammeln. Nach dem ersten Glas begann er schließlich zu sprechen. Er atmete tief ein. „Gut, ich habe eine Weile mit Anita, ich kann sie gar nicht anders nennen, gesprochen. Man hat uns auch genügend Zeit gelassen. Sie gab sich sehr reserviert. Ich versuchte, sie ein wenig aus der Reserve zu locken, ohne Erfolg. Ich wollte keine Trennung. Ich bot ihr an, mich um das Kind zu kümmern und nach der Haftstrafe könnten wir wieder zusammen wohnen. Sie blieb stolz und schien mir verbittert. Unser gemeinsames Leben ist zu Ende, sagte sie leise und ich will dich nicht mehr sehen. All meine Liebesschwüre, meine Angebote wies sie ab, bis ich die Nerven verlor und sagte, dann eben nicht und zur Tür strebte. Es dauerte eine Weile, bis der Wärter die Tür endlich öffnete. Ich schaute noch einmal zu ihr zurück. Sie schwieg und sah aus dem Fenster." Peter sank erschöpft in den Sessel. Wir versuchten ihn zu trösten, aber es gelang uns nicht. Es flossen keine Tränen, aber seine Miene und seine herunterhängenden Schultern sprachen Bände.

Peter versackte nicht in einer Depression, er arbeitete an den Werktagen und er malte an den Wochenenden. Gelegentlich schaute er bei uns vorbei und traf sich ebenso mit anderen langjährigen Freunden. So vergingen einige Jahre. Irgendwann erschien er bei allen möglichen Gelegenheiten mit einer neuen Frau an seiner Seite. Einmal nahm ich ihn beiseite und fragte: „Alles wieder im Lot?" „Scheint so", meinte er, „nur ein wenig solider." Einige Jahre später erzählte er mir, dass er damals mit Anitas Mutter Kontakt aufgenommen habe und ihr die nächsten eineinhalb Jahre Geld für das Kind geschickt hatte. Sie hätte das Kind für immer zu sich genommen und sich mit Fotos von dem Mädchen bedankt. Anita sei nach der Haftstrafe abgetaucht. Einmal im Jahr habe er der Mutter von Anita weiterhin Geld geschickt. Neulich habe ich ihn auf der Straße getroffen.

Peter erzählte mir, er habe sie und die Kleine, sie ist jetzt schon zwölf Jahre alt, wieder besucht. Das Wörtchen *WIEDER* ist mir sofort aufgefallen, ich habe aber geschwiegen. So ist er noch einmal Vater geworden, mein Freund Peter. Obwohl es nicht sein eigenes Kind war, hat ihm das sicher geholfen, sein Leben wieder in Ordnung zu bringen.

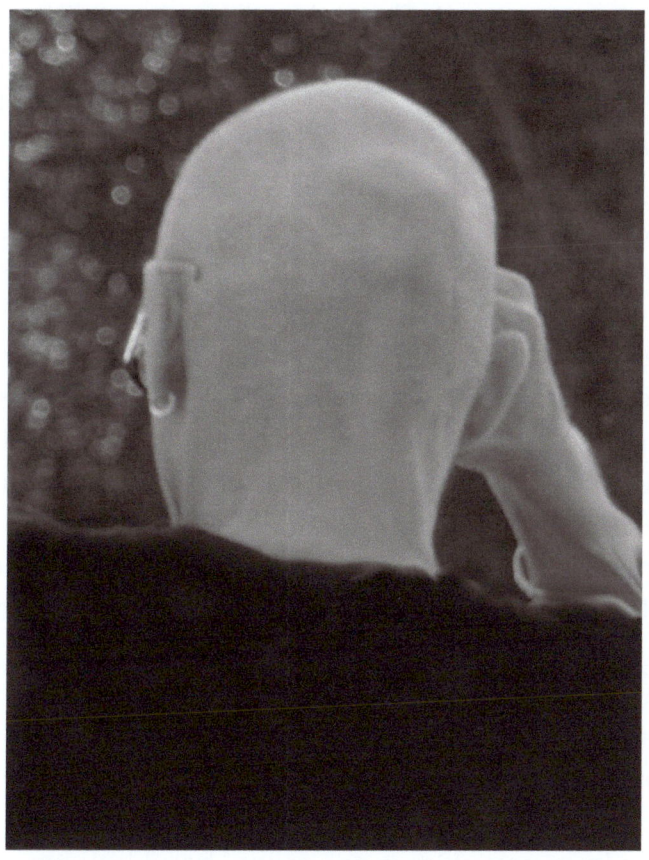

Beim Psychotherapeut

An einem regnerischen Montagmorgen erwartet Herr Wald, seines Zeichens Psychotherapeut, einen neuen Klienten. Herr Wald ist noch ein wenig müde, am Abend zuvor nach der Oper war er mit Freunden bei einem Glas Wein zusammen gesessen. Ein heftiger Regen am Morgen zwang ihn, mit dem Auto statt dem Fahrrad in seine Praxis zu fahren. Es läutet, er seufzt und setzt seine Begrüßungsmiene auf, freundlich aber weder neugierig noch erwartungsvoll. Dann eilt er zur Tür. Vor ihm steht ein Mann Mitte fünfzig, mittelgroß, vollschlank. Er sieht ein wenig verwirrt aus, so als überlege er momentan, ob es nicht besser sei, sich umzudrehen und zu verschwinden. Man gibt sich die Hand und einige Begrüßungsworte werden ausgetauscht. Danach führt Herr Wald den Klienten in den Therapieraum. Er weist auf einen bequemen Stuhl und setzt sich selbst, nachdem Herr Schulz Platz genommen hat, ihm gegenüber. Es herrscht einen Moment Stille. Herr Wald fragt den neuen Patienten: „Nun Herr Schulz, was führt Sie zu mir?" „Also, es geht um die Frau", beginnt er. „Um ihre Frau?" „Nein, ganz allgemein." „Aha, erzählen Sie." „Da müsste ich sehr weit ausholen?" „Tun Sie sich keinen Zwang an, holen Sie weit aus."

Herr Schulz zögert, atmet schneller, beruhigt sich. „Damit Sie mich und mein Problem verstehen, muss ich ganz von vorne anfangen." „Sie haben alle Zeit der Welt, beginnen Sie einfach am Anfang" „Also Sie müssen wissen, ich bin", er macht eine Pause, „na im Grunde mache ich etwas Ähnliches wie Sie. Ich bin Berater, heute nennt man das Coach. Meine Kunden sind meist mittelgroße Firmen, die von mir Hilfe erwarten bei der Umstrukturierung der Firma, oder bei plötzlich sinkendem Umsatz, bei Problemen mit dem Personal und so weiter." Herr Wald schweigt.

Herr Schulz seufzt. „Also, um nun von meiner Angelegenheit zu sprechen, es begann mit dem Abitur, nein eigentlich im ersten Jahr meines Studiums, da…", er stockt, kratzt sich am Ohr und nimmt dann einen neuen Anlauf. „Also wie gesagt, ich hatte gerade das Abitur bestanden in Augsburg, der Stadt, in der ich aufgewachsen bin. Ich hatte mich eben darum bemüht einen Studienplatz in München zu erhalten. Eines Tages lernte ich bei einem Spaziergang in der Innenstadt…" Er machte eine längere Pause. „Also ich traf eine Frau, die ich bereits einmal bei dem Damenkränzchen meiner Mutter gesehen hatte. Sie sprach mich an und wir verbrachten den Nachmittag plaudernd auf einer Parkbank. Also kurzum sie, wie sagt man heute, begann mit mir ein Verhältnis. Sie war damals einunddreißig Jahre alt und ich eben mal neunzehn. Mutter ahnte nichts davon und ich habe es ihr auch nie gebeichtet. Verliebt wie ich war, bin ich sehr stolz darauf gewesen, der Liebhaber dieser wunderbaren Frau zu sein. Außer meinem besten Freund, dem ich es anvertraute, behielt ich es für mich. Sie wollte es so. Vor allem meiner Mutter gegenüber durfte ich nicht einmal eine Andeutung machen und ihr auch nicht erzählen, dass ich sie, meine Geliebte, zufällig getroffen hätte. Ich bin total in sie vernarrt gewesen und verschob den Beginn des Studiums mit dummen Ausreden. Ich bereute nichts. Ich fühlte mich, wie man so schön sagt, im siebenten Himmel. Aber ungefähr nach einem Jahr machte sie plötzlich Schluss. Sie hörte nicht auf meine Bitten, erklärte mir, es täte ihr auch leid, aber so sei es mal eben. Später habe ich erfahren, dass eine große Hochzeit stattgefunden hatte. Die ganze Stadt sprach davon. Der Ehemann stammte aus einer Adelsfamilie und war einige Jahre älter als sie. Ich selbst gekränkt und verzweifelt zog nach München. Ich besuchte meine Mutter nur selten und versuchte mich, so gut ich eben konnte, meinem Studium zu widmen. Dies wurde auch belohnt, denn ich schaffte einen hervorragenden Abschluss. Meine Freunde hatten kurze oder lange Affären mit gleichaltrigen Frauen, einige heirateten sogar. Aber ich hatte kein Interesse an diesen Mädchen, die ich kindisch und lächerlich fand. Obwohl meine Mutter sich wünschte, ich würde in ihrer Nähe bleiben, startete ich mein Berufsleben in Frankfurt. Die Niederlage mit Marianne, meiner ersten Liebe, war zwar überwunden, aber nie total vergessen. Meine nächste Freundin lernte ich dann mit siebenundzwanzig Jahren hier in Hessen kennen. Sie feierte ihren zweiunddreißigsten Geburtstag, einige Wochen bevor wir nach vielen Monaten unserer Beziehung heirateten. Zwei Jahre später brachte meine Frau Inge ein Mädchen zur Welt. In den nächsten Jahren fühlte ich mich glücklich und zufrieden und sah mit Liebe meine Tochter aufwachsen. Aber im neunten Jahr unserer Ehe wurde meine Frau zusehends verärgert über mich. Sie behauptete, ich würde immer öfter jüngeren Frauen nachschauen. Nicht den ganz jungen, behauptete sie, sondern Frauen Anfang dreißig und älter. Widerstrebend musste ich erkennen, dass meine Frau ihre Attraktivität verlor. Außerdem ging mir ihre Nörgelei auf die Nerven. Ich war weder überrascht noch beleidigt, als sie die Scheidung einreichte. Es lief unproblematisch ab, ich konnte weiterhin meine Tochter sehen und meine Exfrau war mit dem Unterhalt, den ich bezahlte, sehr zufrieden."

Herr Wald hatte während des langen Monologs, der immer wieder durch kleine Pausen unterbrochen und dann mit einem Seufzer wieder aufgenommen wurde, Herrn Schulz aufmerksam beobachtet. Nach einer plötzlichen, unruhigen Pause, in der Herr Schulz umständlich ein Taschentuch aus seiner Hosentasche zog und kraftvoll hinein schnäuzte, fuhr er fort: „Und so ging es eigentlich weiter. Jede neue Geliebte entsprach meinem gewünschten Alter, so zwischen achtundzwanzig und allerhöchstens zweiunddreißig. Nach sieben bis neun Jahren, je nachdem, wie schnell die Frauen alterten, trennte man sich. Danach suchte ich nach einer neuen Geliebten, meiner Vorstellung entsprechend. Das lief so bis ungefähr vor acht Jahren. Schon die Zeit davor wurde es immer schwieriger und aufwendiger, eine Frau zu finden. Erfreulicherweise steht mir ein stabiler finanzieller Hintergrund zur Verfügung, was gelegentlich half."

Wieder unterbricht Herr Schulz seine Rede, atmet schwer, versucht seine Haltung auf dem Stuhl, er war etwas heruntergerutscht und hatte die Beine ausgestreckt, wieder zu normalisieren. „Also kurz und gut", sagt er plötzlich mit einer etwas lauteren Stimme, „seit fast zehn Jahren gelingt es mir nicht mehr, eine Frau, die meinen Wünschen entspricht, zu finden." Dann schweigt er. Herr Wald ebenfalls. Herr Schulz räuspert sich, keine Antwort. Schließlich setzt er sich kerzengerade auf seinen Stuhl und fragt ihn mit strenger Stimme: „Was halten Sie davon?" Herr Wald lässt sich Zeit mit der Antwort, räuspert sich und erwidert: „Ich frage mich, was Sie von mir erwarten?" „Dass Sie mir helfen." „Erwarten Sie von mir, Ihnen behilflich zu sein, eine neue Frau zu finden?" Herr Schulz zögert ein wenig. „Wenn ich ehrlich sein soll, eigentlich ja." „Glauben Sie, ich könnte Sie jünger werden lassen?" „Nein, aber einige Tricks habe ich schon erhofft." Lange Pause.

„Nein Herr Schulz, die habe ich leider nicht parat. Wir könnten gemeinsam versuchen heraus zu finden, warum es immer dieses Alter sein muss. Denn es scheint mir verständlich, dass eine junge Frau nicht unbedingt einen Mann sucht, der fast dreißig Jahre älter ist." „Mir nicht, ich bin doch attraktiv, habe genug Geld, dumm bin ich auch nicht, wo liegt das Problem?" Wieder folgt ein längeres Schweigen. Schließlich spricht Herr Wald, schon beinahe im Aufstehen begriffen. „Unsere Stunde ist für heute zu Ende. Falls Sie daran arbeiten wollen, die Frage zu beantworten, warum es dieses Alter sein muss, können wir unser Gespräch fortsetzen. Denken Sie darüber nach." Er steht auf und lässt seinem Klienten keine Zeit zu antworten. Sie verabschieden sich. Herr Schulz nimmt den Aufzug und verlässt das Haus. Er ist ein wenig beleidigt und fühlt sich entsprechend der Wichtigkeit seines Anliegens nicht wirklich ernst genommen. Auf eine merkwürdige Weise empfindet er eine Veränderung in sich selbst. Ist er ernüchtert? Er schüttelt den Kopf. Schließlich richtet er sich auf und läuft kerzengerade mit erhobenem Kopf die wenigen Schritte zu seinem Auto. Er fährt in sein Büro. Seine Arbeit, die Gespräche mit den Kunden, das Vorbereiten einiger Pläne soll ihn ablenken.

Tatsächlich kann er das Gespräch mit Herrn Wald in den Hintergrund seines Bewusstseins schieben, bis er gegen Abend das Büro verlässt, um in seine Wohnung zu fahren. Er lebt dort, wo man eben in seiner Position wohnt, in einer einhundertzwanzig Quadratmeter großen Wohnung mit einem Salon, einem Schlafraum und einem Studio, wie er es nennt, denn gelegentlich genießt er die Arbeit zuhause, meist in einem Trainingsanzug und Hausschuhen. Das entspannt ihn und auf seine Sekretärin kann er sich verlassen. Er lenkt sein Auto in die Garage und steigt aus. Die Erinnerung an die Stunde überrascht ihn auf dem Weg zum Aufzug. In der Wohnung angekommen, legt er die Aktentasche auf ihren Platz, zieht die Schuhe aus, geht ins Bad, wäscht sich umständlich die Hände und begibt sich schließlich in die Küche. Seine Zugehfrau hat das Abendessen nach seinen Wünschen vorbereitet. Er stellt die Pfanne in den Ofen, stellt die Uhr und wartet. Nach dem Essen und dem zweiten Glas Wein lehnt er sich zurück in seinem Sessel und beginnt nachzudenken. Nach einer Weile spricht er halblaut mit sich selbst. „Fragt er mich, warum denn dieses Alter? Ganz einfach in diesem Alter sind sie schon erwachsen, aber noch jung und hübsch anzusehen. Aber ich bin wohl nicht mehr hübsch anzusehen. Das spielt doch bei Männern keine Rolle, oder? Vielleicht glauben wir das nur und sie denken vielleicht das Gegenteil." So überlegt er noch eine ganze Weile vor sich hin, bis er plötzlich aufsteht und schimpft: „Schluss jetzt mit dieser Grübelei." Er setzt sich vor den Fernsehapparat und lenkt seine Aufmerksamkeit auf ein Fußallspiel. Als er am nächsten Morgen aufwacht, beschließt er, zuhause zu arbeiten. Nach dem Frühstück, das er sich selbst zubereitet, ruft er seine Sekretärin an und lässt sich einige Unterlagen schicken. Am frühen Nachmittag legt er verdrießlich den Stift aus der Hand und verlässt unzufrieden seinen Schreibtisch. Er geht in die Küche, um sich einen Kaffee zu machen. „Heute will mir nichts gelingen", brummt er vor sich hin.

Er setzt sich mit der Tasse ins Wohnzimmer. Da klingelt es an der Wohnungstür. Er steht auf und öffnet. Seine Nachbarin steht vor der Tür. Er schätzt sie auf Ende vierzig, sie wohnt links in der Wohnung, die seiner gleicht, sie führt ein exquisites Restaurant. Am Vormittag bleibt sie meist zuhause, gegen dreizehn Uhr macht sie sich auf den Weg ins Restaurant und arbeitet bis spät in die Nacht. Sie sehen sich öfter, grüßen sich freundlich und sprechen auch mal einige Worte miteinander. Gelegentlich nimmt sie ein Päckchen für ihn an. Jetzt steht sie wieder mit einem Paket in der Hand vor ihm. „Tag Herr Schulz", sagt sie, „ich hab mal wieder ein Paket für Sie." „Ich mache eben Kaffeepause, wollen Sie nicht eine Tasse mit mir trinken?"

Sie blickt ihn erstaunt an und schaut auf die Uhr. Eine Einladung hatte sie noch nie von ihm erhalten. „Gern", erwidert sie, „ich hol uns noch schnell den Apfelkuchen von unserem besten Koch." Sie verschwindet und erscheint wieder mit Teller und Kuchen. Er bittet sie herein, sie schaut sich um. Elegant, wie ich es erwartet habe, denkt sie. Dann sitzen sie zusammen und plaudern über die gute Lage in der sie leben, und die Möglichkeiten, die das Viertel bietet. Als Herr Schulz sie nach einer Stunde an die Tür bringt und sich verabschiedet, denkt er, nachdem er die Tür hinter ihr geschlossen hat, „sie sieht doch ziemlich gut aus für ihr Alter."

Die nächsten Tage arbeitet er zuhause. Er konzentriert sich ein, zwei Stunden, dann setzt er die Brille ab, steht auf und läuft unruhig im Zimmer herum. Er schüttelt den Kopf und geht in die Küche, holt sich einen Kaffee und setzt sich wieder vor seinen Schreibtisch. „Was will ich eigentlich?", fragt er sich laut. „Nicht mehr alleine leben", antwortet er sich selbst. Er hatte geplant, in spätestens fünf Jahren einen Nachfolger zu suchen und dann einige Zeit um die Welt zu reisen. Schön und gut, aber allein? Während der nächsten Woche lebt er für seine Firma. Er telefoniert, gibt Anweisungen und arbeitet an neuen Projekten, so als scheint für ihn kein Problem zu existieren. Aber in seiner kleinen Villa, wie er sein Appartement mit den vielen Kunstwerken an den Wänden und den ausgewählten kostbaren Malereien nennt, fühlt er sich wie ein Kind, von allen verlassen. „Reiß dich zusammen!", schimpft er dann.

Am dritten Tag hat er die Nase voll von dem ewigen im Kreis denken. Also gut, beschließt er, dann werden wir eben das Alter meiner Geliebten verändern um fünf oder vielleicht um zehn Jahre. Mal sehen, was der Herr Therapeut dazu sagt. Dann denkt er an seine Nachbarin Frau Klein. Sie ist nett, hat Stil, ist gescheit, sieht gut aus. „Aber mindestens schon, na ja, Ende vierzig oder schon Anfang fünfzig", sagt er leise, um seine Enttäuschung vor sich selbst zu verbergen.

Wer ist der Lügner?

Stefanie und Nadine haben sich an einem stürmischen Aprilabend kennengelernt, als die beiden vor einem herunterprasselnden Regen in einem Hauseingang Schutz suchten. Sie hockten, die Arme um die Schultern gepresst, nebeneinander, als plötzlich ein Regenschirm an ihnen vorbeiwehte. Stefanie sprang auf die Straße, verfolgte den Schirm und kam selbst pitschnass mit ihm zurück. Die beiden wanderten dann bei strömendem Schauerregen den Weg entlang zu Nadine, die in der Nähe wohnte. Sie duschten sich, wärmten ihre kalten Glieder und tranken heißen Tee. Stefanie rief sich später ein Taxi, denn am nächsten Morgen wartete die Arbeit und sie musste, wie sie betonte, anständig angezogen sein.

Die beiden Frauen in den Dreißigern sind berufstätig und zu dieser Zeit solo. Sie verabredeten sich gelegentlich und wurden Freundinnen. Seitdem verbringen sie häufig freitags nach getaner Wochenarbeit gegen fünf Uhr einige Zeit miteinander für einen Schwatz über die vergangenen Tage. Meistens traf man sich in einem Café, in dem man sich einen exzellenten Kuchen gönnt, oder bei einem Abendessen und einem Glas Wein in einem italienischen Restaurant. Beide haben einen anstrengenden Job, aber am Wochenende rückt er ganz weit weg. An einem gewöhnlichen Freitag im April, nachdem sich die beiden das

Wichtigste der vergangenen Tage erzählt haben, fragt Nadine so ganz nebenbei: „Sag mal, bist du auch zum Geburtstag von Jonas eingeladen?" „Ja sicher. Warum fragst du?" „Ach ich weiß nicht, ich kenn ihn nicht so gut. Irgendwie finde ich ihn ein bisschen seltsam." „Na ja, ich kenne ihn schon so lange, ihn und seine Schwächen", sagt Stefanie. „Welche Schwächen?" Stefanie schweigt und starrt geistesabwesend auf ihre Tasse. „Ich habe tatsächlich noch nie darüber gesprochen", beginnt sie zögerlich, „und eigentlich will ich ihm auch nicht schaden, wenn das die Runde macht." „Also, glaubst du wirklich ich plaudere alles weiter, weil ich vielleicht sonst nichts zu sagen habe", fragt Nadine etwas erstaunt. „Nein, das denke ich nicht. Aber jeder von uns hat so seine Schwächen und ich versuche es oft heraus zu finden." „Aha und welche habe ich?" „Du, du bist eine derjenigen, die ihre eigene Schwäche kennt, also brauchen wir nicht darüber zu reden. Ich weiß übrigens auch recht gut über meine Bescheid."

„Also nach der langen Einführung magst du mir vielleicht jetzt von Jonas erzählen." Nadine ist einerseits neugierig geworden, aber andrerseits scheint ihr das Thema etwas künstlich herbeigeredet. Aber sie ist doch ziemlich gespannt, was Stefanie ihr von Jonas erzählen wird. Stefanie lächelt vor sich hin und sagt dann: „Na gut, ich will es versuchen. Jonas bin ich vor fünfzehn Jahren begegnet. Er ist hier in Frankfurt geboren und meine erste Bleibe war in Sachsenhausen, er hat damals nur einige Häuser weiter gelebt. Ja und so haben wir uns kennen gelernt." „Sag bloß, du hattest mal was…" „Nein! Sicher nicht. Aber ich kenne keinen, der in Frankfurt über jede Straße und jede Ecke und jedes Gebäude in dieser Stadt Geschichten erzählen kann wie er. Durch ihn habe ich die Stadt erst kennen gelernt." „Und dann?" „Wir treffen uns eher selten, aber wir haben uns nie aus den Augen verloren. Ich kenne seine Amouren und er meine, wenigstens einige davon." „Aha." „Bei ihm lief alles nicht so glücklich, ich meine das Berufsleben, aber er hat wenig davon gesprochen. Dann verschwand er für zwei Jahre. Als er zurück kam erzählte er, er sei in den USA gewesen. Und irgendwie hat er viel Geld mitgebracht, er meinte, es sei geerbt. Und er hat einen Laden aufgemacht, Geld rein gesteckt. Und gut verdient. Dann, einige Jahre später, hat er behauptet, er hätte jetzt genug verdient und würde ihn jetzt verkaufen. Seitdem arbeitet er nicht mehr und genießt das Leben, wie er sagt."

„Ja und? Seine Schwäche?" „Er lügt, Clemens lügt." „Was behauptest du da? Lügen tun wir doch alle gelegentlich. Du etwa nicht?" „Klar, ich auch, aber bei ihm, wie soll ich es sagen, ist es grundlegender, ich würde behaupten, es ist ein Teil von ihm." „Ich sollte mich nicht einmischen, zumal ich ihn erst seit einigen Wochen kenne, aber jetzt treibt mich die Neugierde an. Also erkläre es mir." Stefanie lehnt sich zurück. „Ich habe es lange Zeit nicht begriffen. Ich erlebte nur immer mal wieder Momente, in denen ich innerlich den Kopf schüttelte und mir sagte, das stimmt doch nicht. Er behauptete öfter, Studienfächer studiert zu haben, die er nie studiert hatte. Oder er behauptet plötzlich, mit wem er alles schon diskutiert hat, und das waren hochkarätige Leute, die nicht jeder kennt. Und natürlich auch mit wem er liiert war."

„Bist du sicher? Übertreibst du nicht?" „Nein, ich habe lange überlegt, was mit ihm los ist, aber wie ein Blitz ist es mir klar geworden, als wir verabredet waren an irgendeinem Platz in Oberursel. Ich hatte es mir extra aufgeschrieben, weil ich mich dort nicht auskenne. Aber er kam nicht. Ich wartete zehn Minuten, wollte eben verschwinden, da rief er mich an und sagte, er würde seit einer Ewigkeit auf mich warten und er behauptete einfach, wir hätten uns an einem anderen Platz verabredet. Danach habe ich angefangen nachzudenken und zu rekapitulieren. Und meine Meinung ist, er lügt." „Hast du ihn nie mit seinen Lügen konfrontiert?" „Nein, das ändert nichts. Er würde es abstreiten. Es ist ein Mechanismus in ihm, sobald er es ausgesprochen hat, glaubt er selbst hundertprozentig daran." „Trotzdem, das wäre doch fair, oder?" „Nein, er ist ein guter Freund, sehr zuverlässig, immer da, wenn man ihn braucht. Ich bin mit ihm weder liiert noch verheiratet, wir sind lose befreundet. Also was würde sich ändern?" „Du überraschst mich." „Sei nicht so streng, wir haben alle unsere kleinen Fehler." „Ich versteh dich nicht, das ist genauso, als wenn einer klaut und du sagst, er ist so, da kann man nichts machen."

Sie schweigen eine Weile, dann bestellt Stefanie bei dem vorbei eilenden Kellner einen Grappa. „Bringen Sie zwei", rief Nadine ihm nach. „Ich habe übrigens, das verzeih mir jetzt bitte", begann Stefanie vorsichtig, „nicht von Jonas gesprochen, der war nur Vorwand, dich darauf hinzuweisen." „Nicht von Jonas? Was soll das. Von wem denn dann?" „Von Rolf, deinem neuen Schwarm." „Du willst sagen, du hast die ganze Zeit über ihn geschwafelt?" „Hätte ich es dir direkt erzählt, hättest du mir nur einen Satz lang zugehört." „Bist du eifersüchtig?" „Eigentlich nicht." Nadine errötet vor Wut. Sie starrt eine Weile vor sich hin.

Dann erhebt sie sich. „Also, ich habe jetzt nur einen Wunsch, nämlich zu verschwinden. Du kannst die Rechnung übernehmen." Sie steht auf, packt ihre Jacke und ihre Tasche und verlässt mit großen schnellen Schritten das Lokal.

Stefanie schaut ihr nach und überlegt, ob sie etwas falsch gemacht und ihre Freundschaft Schaden genommen hat. Trotzdem, falls es so sein sollte, denkt sie, dass sie Recht hatte, es ihr zu sagen, oder doch nicht? Sie erinnert sich an Stefanies letzte Beziehung, die so dramatisch auseinander ging, dass man glaubte, sie würde daran zerbrechen. „Ich habe es ihr erzählt, um sie zu schützen und ich stehe dazu, aber jetzt brauche ich noch einen Grappa", sagt sie zu sich selbst und ruft nach dem Kellner. Sie bleibt noch eine Weile sitzen, um nachzudenken. Während sie das Café verlässt, nimmt sie sich vor, Nadine eine Mail zu schicken. „Ich bin es ihr schuldig gewesen und es ist besser zu schreiben, als sofort wieder in einen Streit zu geraten", sagt sie halblaut vor sich hin und macht sich auf den Heimweg.

Alles nur ein Plan?

Als Erich Baumann mit Anfang sechzig seine Rente antrat, glaubte er, sein Leben würde nun allmählich leichter werden. Er war überzeugt, er habe in den vielen Jahren als Lehrer für Deutsch und Englisch einige Generationen von Jugendlichen mit der Sprache und der Literatur beider Länder vertraut gemacht. Wegen seiner angeschlagenen Gesundheit musste er die Arbeit aufgeben. Obwohl es nicht nur die Gesundheit war, weshalb er vorzeitig sein Amt als Lehrer hinter sich ließ – das Unterrichten machte ihm auch immer weniger Freude.

Er fühlte sich anfangs zufrieden, seine beiden Söhne hatten längst das Elternhaus verlassen. Erichs Frau Christine arbeitete noch halbtags, er übernahm einen Teil der

Hausarbeit, las noch einmal viele der von ihm geschätzten Dichter. Im Sommer verbrachte er mit Christine wie jedes Jahr einige Wochen an der Nordsee. Nach einem knappen Jahr begann er sich zu langweilen. Das Einkaufen, die Arbeit im Haushalt und auch der tägliche Spaziergang begannen ihn anzuöden.

Seine ständigen Migräneanfälle hatten sich wie durch ein Wunder fast verflüchtigt. Seine Gesundheit, so versicherte der Arzt, war also wieder hergestellt. Er las lustlos die Zeitung, traf sich mit alten Freunden, besuchte die Museen. Nichts freute ihn so richtig. Eines Tages entdeckte er in der Zeitung die Beschreibung einer Fortbildung für Menschen, die sich selbstständig machen wollten, sogenannte Existenzgründer. Die Sache interessierte ihn, er informierte sich, er las von einem jährlichen Wettbewerb, in dem ein Preis für die interessanteste Existenzgründungs-Idee winkte. Er nahm sich vor, der nächsten Preisübergabe beizuwohnen. Die Beschäftigung mit einer Existenzgründung gefiel ihm immer besser und er suchte nach einer eignen Idee. Nachhilfeunterricht wäre das passend? Nein, mit der Schule hatte er abgeschlossen. Es sollte etwas Neues, völlig Unbekanntes sein. Erich begann mit wachen Augen durch die Stadt zu laufen und die Geschäfte, die Menschen und das Leben in den Straßen zu beobachten. Irgendwann würde ihm schon die richtige Idee einfallen.

Christine erzählte er vorläufig nichts davon. Sie kannte die Vorgeschichte seiner sogenannten Pläne, die ihm nicht nur einmal in seinem Leben, sondern häufig passiert waren. Angefangen hatte alles in seinem achtzehnten Lebensjahr. Das Abitur war mit Bestnoten überstanden. Seine Eltern wünschten, er solle eine Reise unternehmen und die Welt kennenlernen, wie sein Vater betonte. Sie forderten ihn auf, sich ein Ziel auszusuchen. Erich blätterte zunächst lustlos in den Reisebeschreibungen, schloss Europa aus, dann Amerika und entdeckte schließlich China, ein Land so fern, so verschieden von Europa. Die Idee faszinierte ihn. Er verbrachte Tage in der Bibliothek und las und las und kannte bald alle berühmten Orte und die Geschichte dieses riesigen Reiches. Dann begann er einen Plan für seine Reise zu schmieden. Er würde mit dem Zug in das Land reisen. Das allein schien ihm ein Abenteuer zu sein. Ankommen wird er in Peking, dort lebte ein Freund des Vaters, der ihn gerne für einige Tage aufnehmen würde. Danach plante er eine Schiffsreise auf dem Yangtse. Außerdem wollte er einige interessante Städte wie Xian, Guilin kennen lernen. Seine letzte Station sollte Hongkong werden. Von dort würde er mit dem Flugzeug zurückkehren. Seine Eltern, die mehr an Amerika oder Australien gedacht hatten, waren überrascht und besorgt, es schien im Moment seit Maos Tod dort ein ziemliches Durcheinander zu herrschen. Erich setzte sich durch und buchte den Zug nach Peking.

Zehn Tage vor Abfahrt des Zuges änderte sich alles. Seine Eltern lagen beide nach einem Autounfall im Krankenhaus, sie waren nicht lebensbedrohlich verletzt, aber die Gesundung würde ihre Zeit brauchen. Erich, der Älteste unter den Geschwistern, übernahm die Organisation des Haushalts. Seine Schwester war dreizehn Jahre alt und der Jüngste eben mal zehn. Die Eltern, erleichtert, dass Erich sich diese Aufgabe zutraute, versprachen ihm, die Reise zu einem späteren Zeitpunkt nachholen zu können, aber er winkte ab. Es verging ein Jahr, dann begann er in seiner Heimatstadt Frankfurt zu studieren. Die Eltern lebten wieder zuhause, aber sie waren beide noch nicht wieder völlig genesen. Nach einem weiteren Jahr ermunterten sie ihn, sein Studium in England fortzusetzen.

Seine nächste Reise plante er nach Australien ebenso penibel wie zuvor nach China. Er las viele Bücher, informierte sich über jeden Ort, den er besuchen wollte, erstellte einen exakten Plan. Aber dann verliebte er sich drei Wochen vor der Abreise in Christine. Er gab diese Reise ungern auf, aber er spürte, wenn er sie jetzt für sechs Wochen verlassen würde, wäre es vorbei mit der großen Liebe. Und so ging es weiter in seinem Leben. Er plante noch ein oder zwei größere Reisen, ohne sie durchzuführen. Er erstellte einen architektonisch gut durchdachten Plan für ein Einfamilienhaus, entschied sich dann aber doch, ein fertiges Haus zu kaufen. Er wünschte sich, ein Buch zu schreiben und brach nach Erstellung des Inhaltsverzeichnisses die Sache ab.

Er heiratete Christine und sie unterahmen viele Reisen miteinander. Vierzehn Tage in New York, einen halben Sommer in Italien und später buchten sie viele Studiosus-

Reisen, man brauchte keine Pläne erstellen, trotzdem waren die Ausflüge aufregend und lehrreich.

Jetzt mit sechzig Jahren wollte Erich noch einmal versuchen, einen Plan zu erstellen und ihn wirklich durchzuführen. Nach langem Nachdenken und Wandern durch die Stadt sowie vielen Ideen, die er wieder auf die Seite legte, entschied er sich endlich, ein Lokal zu eröffnen, eine Art Suppenküche. Es sollten hauptsächlich Suppen, aber auch Salate angeboten werden und zwar ausschließlich in der Mittagszeit. Erich besorgte sich Kochbücher. Er hatte häufig in den letzten Jahren Abendessen zubereitet jetzt experimentierte er mit der Herstellung von Suppen. Christine, die in den ersten Jahren ihrer Ehe einige seiner vergeblichen Pläne erlebt hatte, glaubte nicht so recht an seine neue Idee, aber sie schwieg. Erich meldete sich für einen Kurs zur Existenzgründung an.

Am Tag vor Beginn der Weiterbildung fühlte Erich sich so aufgeregt und ängstlich wie ein Erstklässler. Sechzehn Personen versammelten sich im Saal. Erich zählte neun Männer und sieben Frauen, er schien der Älteste zu sein. Man beäugte sich neugierig und kritisch. Besonders die Blicke der Damen verweilten etwas länger bei dem gutaussehenden, etwas älteren Mann in dunkelblauen Cordhosen und einem hellgrauen Jackett, der es sicher nicht nötig hatte, sich selbstständig zu machen. Endlich tauchte auch die Kursleiterin auf, um die vierzig, vollschlank, dunkelhaarig. Sie betrat den Raum, nickte kurz, schlenderte langsam bis zu ihrem Pult und der Tafel. Sie legte ihre

Sachen ab und setzte sich vor ihr Pult. Erich würde diesen ersten Tag nicht so rasch vergessen. Er staunte zunächst über die bedächtige Art der Kursleiterin, dachte sie sei ebenso eine Anfängerin wie ihre Teilnehmer und sie würde diesen Kurs zum ersten Mal halten. Aber gegen Ende der Veranstaltung begriff er, wie kompetent sie durch gezielte Fragen jeden einzelnen der Gruppe kennenlernte und gleichzeitig vermittelte, wie kompliziert der Weg zur eigenen Firma werden könnte. Nach diesem ersten Unterrichtstag trottete Erich etwas verwirrt durch die Straßen und setzte sich, der Herbst hatte der Stadt noch einen sonnigen warmen Tag geschenkt, in ein Cafè, um die Lage zu überdenken. „Es werden viele Fragen auftauchen, über die Sie sich noch wenig und vielleicht keine Gedanken gemacht haben", waren ihre Schlussworte. „Stellen sie uns Ihr Projekt am Mittwoch vor, soweit Sie es schon geplant haben. Jeder von Ihnen hat zehn Minuten Zeit." Sie lächelte und packte in größter Ruhe ihre Sachen zusammen. „Ich wünsche Ihnen einen schönen Abend." Erich, wieder zuhause, streckte sich ein wenig in seinem Stuhl, schlürfte einen Schluck Kaffee und zündete sich, was selten vorkam, eine Zigarette an. Er dachte darüber nach, was er beim nächsten Termin erzählen würde.

Erich hielt sich für einen belesener Mann, er interessierte sich für viele Dinge und er war ein aufmerksamer und guter Lehrer. Aber durch diese fünfzehn mal zehn Minuten, in denen die Teilnehmer ihr Projekt vorstellten, zugegeben, die meisten hatten die Zeit der Vorstellung gekürzt, lernte er vierzehn Menschen kennen, die unterschiedlicher nicht sein konnten. Plötzlich freute er sich auf die Zusammenarbeit mit der Gruppe und war begierig auf einen längeren Kontakt mit seinen Mitschülern. „Aber", so ermahnte er sich selbst, „verlier dich nicht in andere Interessen und vergiss nicht, auch du willst dich selbstständig machen." Dann begann er an seinem Businessplan zu arbeiten. Unterwegs hatte er einen Ordner gekauft, den er jetzt beschriftete. Auf der ersten Seite schrieb er in großen Buchstaben: Businessplan. Die Einzelheiten waren ihm jetzt bekannt, er konnte loslegen. Drei wichtige Fragen musste er bis zur nächsten Sitzung klären: wer sind meine Kunden, wer ist meine Konkurrenz, und vor allem, was ist das Besondere an meiner Idee. Mit den Kunden schien es einfach, alle die in der Gegend arbeiten und in der Mittagspause einen Ort suchen, um dort zu essen, aber kein richtiges Menü brauchen. Aber welche Gegend. Es gibt ja noch keinen festen Platz. Innenstadt, also das reicht doch? Oder? Er machte sich an die Arbeit.

Beim nächsten Treffen bewunderte er erneut die entspannte Frau Schneider. Sie stellte viele Fragen an die Anwesenden, über die er sich oft fragte, was hat dies mit der Selbständigkeit zu tun. Doch er vertraute ihr. Sicher gab es gute Gründe für ihre Fragen. Nach der Vorstellung der Konzepte der Mitschüler fand er seine Idee fast banal. Er erfuhr von den abenteuerlichsten Ideen, die vorgestellt wurden. Kochen und Kneipe schienen beliebt. Ein Koch wollte anbieten, für Festlichkeiten ins Haus zu kommen und dort das Essen zuzubereiten, ein anderer hatte sich ausgedacht, eine Bar zu eröffnen. Im Übrigen wurde geschreinert, gestrickt, auf Kinder aufgepasst und alle möglichen Dienste, deren Ausübung er sich kaum vorstellen konnte, angeboten.

In den kommenden Wochen teilte Erich seine tägliche Arbeit in drei Aufgaben. Erstens einen Ort für die Suppenküche suchen, zweitens alle Fragen den Plan betreffend zu beantworten und drittens sich um die Einrichtung der noch zu findenden Örtlichkeit zu kümmern. Neben Tischen und Stühlen wurde ein Herd, ein Eisschrank, eine Spülmaschine, Besteck, Geschirr und vieles andere gebraucht. Er notierte und verglich die Preise vor Ort. Erichs Frau war besorgt um seine Gesundheit. Er beschwichtigte sie, er hätte viel zu tun, aber er wäre weder in Hektik noch würde er übertreiben.

Am meisten genoss er die Unterrichtsstunden. Er schätzte die Art, wie Frau Schneider die Gruppe zusammenhielt, wie sie auf alle Fragen eine Antwort fand und er bewunderte ihre entspannte und ruhige Haltung. Er hatte sich beinahe ein wenig verliebt in sie. Doch dieses Gefühl verschwand, sobald er den Raum verließ und heimkehrte zu Christine, seiner Liebe, seinem Rückhalt. Frau Schneider schien nichts von Erichs kurzzeitigen Gefühlen zu merken. Trotz ihrer leisen Stimme hatte sie ihre Teilnehmer und den zu vermittelnden Stoff gut im Griff. So vergingen die Wochen. Dann, die ersten Schritte waren getan, in einem Monat würde man sich erneut treffen, um einerseits über die Fortschritte zu sprechen und andrerseits die Praxis zu erproben, das heißt, sie in der Gruppe zu diskutieren.

Bereits zehn Tage vor dem nächsten Termin lehnte sich Erich zufrieden in seinem Schreibtischstuhl zurück. Der Plan war fertig, jede Frage beantwortet. Daneben hatte er eine Liste für das Inventar mit den Preisen der einzelnen Teile aufgestellt und er hatte eine Anzeige erarbeitet, die in allen Zeitungen erscheinen sollte und eine weitere, die eine Serviererin suchte. In diesen Tagen hörte Erich eine leise Stimme in seinem Kopf, die flüsterte: „Das ist doch alles Quatsch. Das packst du nie." Er verbot dieser Stimme, sich einzumischen. Aber sie gab nicht auf mit ihren ketzerischen Einfällen. „Das schaffst du nicht. Du hast doch keine Ahnung. Vergiss das Ganze. Christine wartet schon darauf."

Aber er war fest entschlossen. Also begab er sich, einerseits von seinem Vorhaben überzeugt, aber auch nervös und unruhig, zum nächsten Treffen. Dreizehn der sechzehn Teilnehmer, drei hatten schon aufgegeben, saßen wartend im Unterrichtsraum, als die Tür sich öffnete. Herein kam nicht Frau Schneider, sondern der Hausmeister, der in kurzen Worten mitteilte, Frau Schneider würde erst in ein bis eineinhalb Stunden eintreffen, sie kam von außerhalb, ihr Zug hatte wegen eines Unfalles Verspätung. Einige Teilnehmer blieben sitzen, die meisten verließen den Raum, um irgendwo in der Nähe einen Kaffee zu trinken. Es bildeten sich kleine Grüppchen, die nach allen Seiten ausschwärmten. Erich war einer der Letzten, die den Raum verlassen wollten, da sprach ihn jemand an: „Warten Sie doch, ich muss Sie was fragen." Er drehte sich um. Der junge Mann, der eine Bar eröffnen wollte, stand hinter ihm. „Ich würde gerne etwas mit Ihnen besprechen. Gleich links um die Ecke gibt es ein kleines Café. Könnten wir uns da für einen Moment zusammensetzen?" Erich nickte. Ihm war es egal, wo er die Stunde verbrachte, bis die Lehrerin eintraf. Nachdem der Kaffee serviert worden war, begann Jonas M. sehr aufgeregt zu sprechen. „Also, ich weiß gar nicht, wie ich anfangen soll. Ich bewundere Sie, wie Sie das mit dem Businessplan hinkriegen und wie Sie sich schon eingearbeitet haben." Er machte eine Pause, atmete tief ein und gab sich Mühe, in einem ruhigen Ton zu sprechen. „Also, ich finde meine Idee nicht mehr so toll. Ich möchte sie eigentlich aufgeben." Erich wollte erwidern, aber der junge Mann redete hektisch weiter. „Ich würde gerne in ihr Projekt miteinsteigen. Ich denke, zu zweit macht es doch mehr Spaß. Und ja, ich habe auch schon Räume gefunden, die wären sogar für eine Suppenküche besser geeignet."

Er hielt einen Moment inne. „ Also sagen Sie was, es ist nur ein Vorschlag." Erich hatte überrascht zugehört. „Sie haben schon Räume, sagen Sie, wo?" „Eigentlich fast in der Innenstadt. Sie wollen sie mir doch nicht wegnehmen?" „Nein", erwiderte Erich freundlich, „eigentlich finde ich die Idee zusammen zu arbeiten gar nicht so schlecht." „Wirklich?" Der junge Mann errötete. Erich überlegte einen Moment, dann schlug er vor, zur Gruppe zurückzukehren und sich morgen zu treffen, um gemeinsam in Ruhe darüber zu sprechen. „Bis dahin haben wir beide Zeit, über Ihren Vorschlag nachzudenken." Während der nächsten Stunden vergaß er den Vorschlag von Jonas, genoss die letzten Stunden mit der Gruppe und Frau Schneider, die ihn immer wieder faszinierte.

Einige Stunden später nach dem Abendessen während der Nachrichten dachte er über die Idee der Zusammenarbeit nach. Er führte eine stumme Unterhaltung mit sich selbst, von der Christine nichts ahnte, und er kam zu dem Schluss, man könnte doch wenigstens einen gemeinsamen Plan erstellen. Die nervige Stimme, die ihm einflüsterte: „Das wird doch nichts, der Junge hat keine Ahnung", überhörte er. Das Treffen mit Jonas zeigte ihm, dass dieser nicht alles von dem, was Frau Schneider ihnen eingetrichtert hatte, verstand, aber er war ein intelligenter junger Mann mit einem unbeugsamen Willen. Er hatte erkannt, allein würde er es nicht schaffen, aber mit Erich wird es klappen. Erich versuchte, sich selbst davon zu überzeugen. Die Entschlusskraft von Jonas würde ihm helfen, seine innere Stimme zum Schweigen zu bringen. Natürlich gab es auch andere Vorteile für die Zusammenarbeit, er bräuchte nur die Hälfte der Kosten aufbringen, sie würden nicht nur die Arbeit sondern auch die Ausgaben teilen.

Der letzte Arbeitstag in der Gruppe wirbelte Erichs Gefühle kräftig durcheinander. Der Abschied von Frau Schneider traf ihn sehr. Es hatte ihm so wohlgetan, sie während der gemeinsamen Zeit anzuhimmeln und ein wenig zu träumen, was da noch alles möglich wäre. Andrerseits war er sich sehr klar darüber, dass jetzt ernsthaft der schwierige Teil der Gründungsarbeiten beginnen würde.

Zwei Wochen später besprachen die beiden Männer in den zukünftigen Räumen der Suppenküche ihre nächsten Schritte. Die notwendige Renovierung übernimmt großenteils Jonas, während Erich Texte für die Werbung erstellte. Dann wurde gemeinsam die Einrichtung für die Küche und die Möblierung für den Essraum eingekauft. Christine traute ihren Augen nicht, als sie bei ihrem ersten Besuch die Küche und den bereits eingerichteten Speisesaal erblickte. Sie gratulierte den beiden und lies sich nicht anmerken, dass sie immer noch auf den Moment wartete, in dem Erich sagt, nein, nein, das ist doch nichts für mich und alles hinwerfen würde. Nichts dergleichen geschah. Die beiden verstanden sich gut und arbeiteten ohne Hektik bis zum Tag der Einweihung der Suppenküche. Freunde hatte man genug, die man einladen konnte. Jonas hatte auch eine Menge Kumpels angesprochen und die beiden Kinder von Erich und Christine brachten ihre Freunde mit. Und nicht zu vergessen, die Presse war auch dabei. Es wurde ein aufregender Tag. Christine zitterte noch ein wenig, aber Erich fühlte sich zum ersten Mal sicher, dass es weiter gehen würde. Kein nein, ich mach doch nicht mit. Er strahlte, trotzdem gab es einen kurzen Moment, in dem er sich fragte, ob er es allein wohl auch geschafft hätte. Er schob den Gedanken beiseite.

Das Geschäft lief. Vor allem um die Mittagszeit wurde an manchen Tagen sogar draußen auf den Einlass gewartet. Daraufhin wurden Suppenschlüsseln mit Deckel zum Mitnehmen angeschafft. Nach einem Jahr stellte man eine Küchenhilfe ein und das Jahr darauf einen Koch und einen Kellner. Erich und Jonas verbrachten je sechs Stunden in der Küche, ein bis zwei gemeinsam, um alles Nötige zu besprechen und den Rest der Zeit jeweils allein, um da und dort auszuhelfen und den Tag zu organisieren. Erich war sehr stolz auf sich, endlich einen seiner Pläne verwirklicht zu haben, allerdings sprach er nie darüber. Im Gegenteil, er tat, als wäre das völlig normal.

Die Zeit verstrich, Christine hörte auf zu arbeiten, man fuhr häufiger mit Kindern und Enkeln an die See. Acht Jahre nach der Eröffnung stieg Erich aus dem gemeinsamen Unternehmen aus. Jonas zahlte ihm seinen Anteil, er selbst hatte noch große Pläne, wollte weitere Suppenküchen einrichten.

Christine und Erich beschlossen, ihren Ruhestand jetzt endlich zu genießen und einige schöne Reisen zu unternehmen. Eines Tages ertappte Christine ihren Mann, an seinem Schreibtisch sitzend, um sich herum mehrere Ordner aufgestellt. Er schrieb derweil eifrig in seinen PC. „Was treibst du denn da?", fragte sie ihn. „Ach, ich habe da so eine Idee", erwiderte er. „Was für eine Idee?" „ Ich habe darüber nachgedacht, wie viele wirklich ausführliche und nützliche Pläne ich in meinem Leben erstellt habe. Und ich habe sie alle aufgehoben. Und jetzt werde ich ein Buch damit füllen und andere können diese Pläne benutzen." Christine schwieg lange. „Solange genügend Zeit für mich und die Familie übrigbleibt und du nicht deine eigene Beerdigung planst, soll mir alles recht sein." Sie küsste ihn auf die Wange und verließ den Raum. Erich wartete einen Moment, dann flüsterte er: „Keine schlechte Idee, das mit der Beerdigung."

Schulfreizeit

Heute Morgen habe ich meine Tochter zum Bus gebracht. Sie wird mit ihrer Klasse eine Woche an den Edersee in die Schulfreizeit fahren. Die Kinder, alle zwischen dreizehn und vierzehn Jahren, waren ziemlich aufgeregt und konnten es kaum erwarten, sich von Mutter oder Vater zu verabschieden und in den Bus zu steigen. Die Eltern standen herum, ermahnten ihre Kinder und einige zeigten auch eine gewisse Besorgnis darüber, dass ihr Kind zum ersten Mal allein von zu Hause weg war. Obwohl die Lehrkräfte sicher aufpassen würden, riefen sie ihren Kindern noch die eine oder andere Mahnung zu. Dann stiegen alle in den Bus, die Lehrerin und der Lehrer, die die Klasse begleiten und betreuen würden, folgten. Der Bus fuhr endlich ab, man winkte bis er verschwunden war. Wir Mütter und Väter schwätzten noch eine Weile miteinander, dann trennten wir uns und ich machte ich mich auf den Weg nach Hause.

Ich hatte es meiner Tochter zwar erzählt, dass auch ich, das muss jetzt fünfundzwanzig Jahre her sein, damals mit meiner Klasse eine Woche am Edersee verbracht habe. Wir Schülerinnen und Schüler hatten uns Wochen lang auf diese Reise gefreut, da erhielten wir die Nachricht, dass unsere Lehrerin, die uns begleiten sollte, erkrankt war. Die Enttäuschung war groß, es gab keinen Ersatz. Aber dann die gute Nachricht, die Mutter meiner Freundin Inge erklärte sich bereit, an Stelle der Lehrerin mit uns zu fahren. Herr Petermann, unser Sport- und Französischlehrer war einverstanden. Er war einer der beliebtesten Lehrer der ganzen Schule, vor allem bei den Mädchen. Sie schwärmten geradezu von ihm. Ich fand ihn ganz nett, aber ein wenig eingebildet. Das kam nicht gut an bei meinen Mitschülerinnen. Aber so war das halt, ich hielt mich so gut es ging zurück. Wir starteten damals an derselben Stelle wie die heutige Jugend und freuten uns riesig auf diese Woche.

Die Sonne schien, es war ein warmer Junitag. Wir sangen, schwätzten miteinander und aßen schon im Bus das, was die Mütter uns mit auf den Weg gegeben hatten. Die Busfahrt zog sich hin und wir gewannen den Eindruck, der Busfahrer würde bald einschlafen. Aber er brachte uns doch am frühen Nachmittag zum See.

Wir wurden freundlich empfangen, bezogen unsere Zimmer, schlüpften in unsere Badeanzüge und raus ging es ins Wasser. Frau Beck, die Mutter meiner Freundin Inge, besah sich eine Weile unsere Sprünge in den See. Dann bestieg sie eines der kleinen Boote, die uns zur Verfügung standen und ruderte ein Stück in den See hinaus. Zum Abendessen kam sie zurück und setzte sich an unseren Tisch, fragte uns aus, wie es uns gefiele und was wir in den nächsten Tagen noch vorhätten. Wir wollten eigentlich nur in oder auf den See und höchstens mal einen kleinen Spaziergang unternehmen. Abends kam sie in unsere Mädchenzimmer, erkundigte sich nach unserem Wohlbefinden und ob alles zu unserer Zufriedenheit geregelt war. Sie hatte sich nicht eingemischt, wer diese Woche mit wem in einem Zimmer miteinander leben würde. Dann spielte sie mit uns eine Runde Personen raten. Obwohl wir Herrn Petermann genauestens beschrieben hatten, erkannte sie ihn nicht. Wir dagegen waren stolz, alle Menschen erraten zu haben, die sie sich ausgedacht hatte. Nach unserem Spiel versschwand sie in ihr eigenes Zimmer.

In den nächsten Tagen war Frau Beck meistens anwesend, aber sie überließ die Vorschläge und Kommandos Herrn

Petermann, half aber, wenn es Probleme oder Fragen gab. Am zweiten Tag ruderte sie mit den Mädchen in zwei Gruppen weit in den See hinaus. Einige wollten dort unbedingt schwimmen. Runter vom Boot und rein ins Wasser gelang den Mutigen leicht, doch das Wieder-Einsteigen gestaltete sich schwierig. Aber Frau Beck hielt den Kahn in der Balance und die Mädchen kletterten in ihn zurück. Schließlich ruderten wir auch wieder gemeinsam zurück. An den Abenden saßen wir meistens zusammen draußen vor dem See. Zwei Jungens hatten ihre Mundharmonika und ein Mädchen ihre Flöte mitgebracht, es wurde gemeinsam gespielt und gesungen.

Am fünften Tag unserer Freizeit spielte uns das Wetter einen Streich, den Vormittag über regnete es leicht, trotzdem gingen einige schwimmen, andere stromerten durch die Gegend, um sich ein wenig umzuschauen. Gegen Mittag hörte der Regen auf, der Himmel blieb bedeckt. Herr Petermann schlug ein Spiel vor. Es wurden zwei Gruppen gebildet, eine Gruppe blieb im Haus und sollte versuchen auszubrechen, während die andere Gruppe auf dem gegenüber liegenden Bergabhang mit kleinen Bäumen und vielen Büschen darauf wartete, die ausbrechenden Hausbewohner zu ihren Gefangenen zu machen. Herr Petermann stellte seine Gruppe zusammen und verschwand mit ihnen aus dem Haus, auf dem Weg in den Berg. Als sie weg waren, ich war nicht von Herrn Petermann ausgesucht worden, entdeckte ich, zu meinem Schrecken muss ich sagen, dass Herr Petermann die besten Sportler, die Fittesten und vielleicht sogar die Intelligentesten aus der

Klasse für seine Gruppe ausgesucht hatte. Wir waren die Unsportlichen, die Dicken und die weniger Intelligenten. Allmählich ging auch Frau Beck ein Licht auf. Sie setzte sich etwas überrascht auf einen Stuhl und überlegte, wie sie uns raus schleusen konnte. „Wir könnten eine von euch als Putzfrau verkleiden und einen Jungen als Handwerker." Dann besann sie sich. „Das geht nicht. Sie würden jeden von dort oben sofort entdecken." Einem Teil unserer Gruppe war das eh egal und den anderen fiel auch nicht ein, wie unsere Gruppe denen da oben entkommen sollte. So saßen wir herum und nichts passierte. Der Vordereingang des Hauses führte auf die Straße, aber der Hintereingang direkt zum See. „Lasst uns raus zum See gehen, vielleicht fällt uns da was ein." Gesagt getan, es schien aber hoffnungslos. Da kam plötzlich ein kleiner Junge ganz allein in einem Boot langsam vorbei gepaddelt. Frau Beck sprang plötzlich auf und rief dem Jungen zu: „Warte doch mal." Dann verhandelte sie mit ihm. Wir wussten nicht, was die beiden zu bequatschen hatten. Aber es interessierte uns sehr.

Frau Beck ging zurück ins Haus und kam mit einem Zehner in der Hand wieder heraus. „Also, hört gut zu", sagte sie zu uns, „der Junge nimmt jeden einzelnen von euch mit, ein Stück weg von hier, wo die da oben euch nicht mehr sehen können, steigt ihr aus, versteckt euch und wartet auf die Restlichen. Alles verstanden?" Wir nickten ziemlich überrascht. Ich war damals die erste, die sich ins Boot legte, damit man mich nicht sehen konnte. An einer Stelle, an der viel Schilf gewachsen war, stieg ich aus und verstecke mich. Es dauerte vielleicht eine gute Viertelstunde bis alle beim

Schilf angekommen waren. Wir winkten dem Jungen, der schon wieder zurückpaddelte. Dann liefen wir ein Stück weiter den See entlang und kamen in einem großen Bogen auf den Berg. Dort trafen wir auf die überraschten, sportlichen und intelligenten Schüler der Klasse, die uns verdutzt anklotzten.

Am meisten erschüttert war Herr Petermann. Er witterte sofort Betrug. „Wie konntet ihr hier herkommen?", fragte er streng. Wir erzählten es ihm in aller Harmlosigkeit. Er war entsetzt. Wir, das heißt Frau Beck hatte ihn betrogen. Er war weiß vor Wut. Dann rannte er mit seiner Gruppe zurück. Wir übrigen trotteten langsam hinterher. Beim Abendessen wurde kein Wort gesprochen. Am nächsten Tag lief alles wie immer. Wir kamen nacheinander hinunter zum Frühstücken und lachten und schwätzten miteinander. Wir grüßten auch Frau Beck freundlich, als sie an ihrem Platz erschien. Worauf Herr Petermann, der schon vor uns anwesend gewesen war, ein so zorniges Gesicht zog, das wir schnell ruhig wurden und uns dem Frühstück widmeten. Wir alle, auch die Schüler der Petermann Gruppe, ließen sich den Tag nicht vermiesen, denn es war unser letzter. Frau Beck sahen wir nur beim Mittag- und Abendessen. Aber wir Mädchen gingen vor dem Schlafengehen gemeinsam zu ihr und versicherten ihr, dass diese Idee doch toll war und wir sie gerne auf dieser Freizeit dabei hatten. Herr Petermann sprach auf dem Rückweg mit ihr nur das Allernötigste und verabschiedete sich lediglich mit einem kurzen Nicken.

Einigen Wochen später habe ich Inge gefragt, was ihre Mutter zu all dem, was am Edersee geschehen war, zu sagen hatte. „Eigentlich nicht viel", sagte sie, „meine Mutter hat es einer ihrer Freundinnen erzählt, die haben nur gelacht darüber."

Und in der Schule? Dort wurde darüber geschwiegen, zumindest habe ich nichts davon gehört. Es geriet wohl in Vergessenheit. Frau Beck war das egal und Herrn Petermann war das sicher recht.

Tante Gertrud

Im Jahr 2015 feierte Familie Fischer und Familie Beck seit langem wieder Weihnachten gemeinsam. Nur Norbert, der Sohn von Luise, der jüngsten von drei Geschwistern, fehlte, er trieb sich irgendwo in Afrika herum. Luise selbst, die seit ihrer Pensionierung mit ihrem Mann in Spanien lebt, war extra angereist, um alle Familienmitglieder wieder einmal zu umarmen, wie sie betonte. Die achtzigjährige Gertrud, die Älteste, zierte sich ein wenig, sie wisse nicht, ob sie erscheinen könne, dann müsse sie mitten in der Nacht ein Taxi bestellen. Ein Angebot, bei ihrer Nichte Anita zu schlafen, nahm sie nur zögernd an. Sie erschien dann doch zur Überraschung und Freude aller, zwar verspätet, man wollte gerade mit dem Essen beginnen, aber immerhin, sie kam mit Blumen und brachte von jedem Familienangehörigen ein altes Foto mit. Niemand ahnte, wo sie diese aufgegabelt hatte, trotzdem freuten sie sich. Nach einer fantastischen Mahlzeit, Holger, der mittlere der Geschwister, hatte gekocht, stürzten sich die Enkelkinder auf die vielen verpackten Geschenke. Es gab wie immer kleine freudige Schreie, Dankesworte und Wangenküsse. Es schien, als wären alle zufrieden. Am späteren Abend zogen sich die Jüngeren zu ihrer Musik und zum Quatschen zurück.

Die älteren Familienmitglieder blieben im Wohnzimmer und lauschten andächtig den bekannten Weihnachtsliedern im Radio. Gertrud redete nur wenig an diesem Abend, sprach man sie an, reagierte sie kurz mit einem Halbsatz. Plötzlich mitten in einer Geschichte, die Luise von einem sehr lange vergangenen Weihnachten erzählte, stand Gertrud plötzlich auf und sagt: „Ich gehe jetzt." „Wieso auf einmal? Was ist los mit dir?", fragte Luise. „Jetzt bin ich mal wieder hier, da haben wir uns doch viel zu erzählen." „Wir? Nein, ich nicht. Ich gehe. Das nervt mich alles." Anita erhob sich ungern, aber was blieb ihr übrig. „Ich bring dich nach Hause", sagte sie ruhig und schob die aufgeregte Gertrud aus dem Zimmer und brachte sie in ihre Wohnung in Offenbach. „Vielleicht ist sie traurig, weil sie keine Kinder hat", mutmaßte Luise. Als Anita später zurückkam, erzählte sie: „Ich verstehe nicht, was mit ihr passiert ist. Sie schien gekränkt, weigerte sich, mit mir zu sprechen und erlaubte mir nicht, sie in ihre Wohnung zu begleiten. Sie schickte mich einfach weg." Gertruds seltsames Benehmen wurde schnell vergessen. Man sah sich so selten und wollte sich noch so viel erzählen.

Einige Tage später kehrten alle zurück in ihr eignes Leben. Luise und ihr Mann nach Spanien und die Kinder und Kindeskinder zurück in ihre Stadt und Wohnung.

Vier Wochen später begann ein eifriges Hin und Her von Telefonaten. Gertrud schien völlig durchgedreht zu sein. Sie telefonierte ständig nicht nur mit der Verwandtschaft, auch mit Bekannten, die sie teilweise seit Jahren nicht gesprochen hatte, und erzählte ihnen wirres Zeug, wie z.B.

sie würde jetzt eine weite Reise unternehmen, sie hätte schon gepackt und bald ginge es los. Am Tag darauf wählte sie dieselben Nummern und erzählte erneut von ihrer Reise. Einen Tag später geschah dasselbe wieder.

Anita, die einzige, der Familie, die in Frankfurt wohnte, also nicht weit entfernt von Gertruds Wohnsitz, vereinbarte schließlich einen Besuch in einer Offenbacher Klinik. Sie telefonierte mit Gertrud, kündigte ihren Besuch an und begleitete sie. Die Ärztin reagierte besonnen, als Gertrud Anita aufforderte, ihr zu sagen, was ihr fehlte und Anita den Kopf schüttelte und sagte: „Aber wir sind doch wegen dir hier." „Nun, berichten Sie mir einfach beide, was Ihnen fehlt." Sie unterhielten sich eine lange Weile, bis die Ärztin Gertrud aufforderte, doch einige Tage in der Klinik zu bleiben, in ihrem Alter müsse man sie schon mal gründlich untersuchen. Gertrud stimmte schließlich zu, sie verabschiedete sich von Anita und begleitete die Ärztin. Gertrud wurde in der Psychiatrie untergebracht. Sie betrachtete neugierig die Räume, die Menschen, die sich dort bewegten, dann packte sie ihre Tasche, schlich sich aus der Abteilung und war in wenigen Minuten auf der Straße. Ihre Abwesenheit wurde rasch bemerkt, ein junger Arzt rannte ihr nach. Er sprach kurz mit ihr und sie ging ohne zu zögern mit ihm zurück. Allerdings brachte er sie jetzt auf die sogenannte geschlossene Abteilung.

Ein leichter Schlaganfall vor einigen Wochen und bereits fortgeschrittene Alzheimer war das Ergebnis der Untersuchungen. Anita wurde benachrichtigt, man erklärte ihr, dass ihre Tante nicht länger alleine wohnen könne und fragte sie, ob sie die Betreuung übernehmen würde. Sie müsse, falls sie sich dafür entscheiden würde, ihre Tante zu betreuen, schnellstens einen Platz für sie finden. Anita besprach die Sache mit ihrer Mutter und Freunden. Obwohl einige ihr rieten, doch die Betreuung in professionelle Hände zu geben, entschloss sie sich, diese selbst zu übernehmen. „Ich bin quasi in Rente, arbeite nur noch tageweise, ich wohne nicht zu weit weg von ihr und es wäre mir unangenehm, sie in fremde Hände zu geben." Getrud ahnte von all dem nichts. Sie verhielt sich nicht besonders auffällig in der Klinik, fragte nur einige Male am Tag, wann sie denn entlassen würde. Als Anita sie besuchte, wollte sie sofort mit ihr die Klinik verlassen. „Warte noch zwei bis drei Tage, dann hole ich dich ab", versprach sie ihr.

Anita konnte ihr Glück kaum fassen, schon beim ersten Anruf einer Behörde verwies man sie auf eine Demenz-WG in Offenbach. Sie fuhr sofort hin und tatsächlich war vor wenigen Tagen ein Platz frei geworden. „Was braucht sie? Was muss ich für sie mitbringen?" „Kleider, Wäsche, Bettwäsche, vielleicht einige Möbel, sie bekommt ein eigenes Zimmer. Sie mögen es, wenn etwas aus ihrem alten Leben dabei ist." Anita schüttelte den Kopf über dieses: „Sie mögen", aber sie gewöhnte sich an Sätze wie diese, sie können nicht oder sie (die Dementen) sind eben anders.

Die erste Hürde zu überspringen, gelang einfach. Anita packte mit Gertrud zwei Taschen zusammen und sie fuhren dann im Taxi zu Gertruds neuer Bleibe. Taxifahren gefiel ihr, deshalb ging sie willig mit und schaute sich neugierig in ihrem neuen Heim um. Sie wirkte jünger als die anderen Bewohner, vor allem weil sie ständig in Bewegung war und leichtfüßig dahin und dorthin rannte, um alles kennen zu lernen. Außerdem, und darauf war sie sehr stolz, konnte man sie wirklich als sehr schlank bezeichnen und sie lief in gerader Haltung mit erhobenem Kopf durch die Räume der WG. Man führte sie in ihr Zimmer, sie nickte zustimmend, dann gab es den Nachmittagskaffee und Kuchen. Eine der Pflegerinnen gab Anita ein Zeichen und sie verschwand fast unbemerkt. Wenige Tage später klingelte ihr Telefon und eine aufgeregte Stimme erklärte, Gertrud sei weg gelaufen. Anita fuhr mit dem Auto nach Offenbach. Sie fand Gertrud nach langem Suchen in der Nähe ihrer alten Wohnung. Anita führte Gertrud in ein kleines Café. Anita bestellte Kaffee, Gertrud suchte sich einen Schokoladenkuchen aus und die beiden saßen für eine Weile beisammen. Dann ging es zurück in die WG. „Hier war ich noch nie", sagte Getrud mit Bestimmtheit. Anita überhörte ihre Worte und brachte sie nach oben.

In den nächsten Wochen wurden noch Wäsche, ein kleiner Tisch und ein Radio in die WG gebracht. Gertrud fragte immer wieder, wie lange sie noch bleiben müsse, Anita murmelte dann etwas von einigen Wochen.

Trotz ihrer Unruhe schien sich Gertud rasch einzugewöhnen, nahm an den Essen, den Spielen, den Spaziergängen teil, las jeden Morgen in ihrer Zeitung, die jetzt in die WG geschickt wurde. Man vermutete, sie tat nur so, als würde sie lesen, aber sicher war man sich nicht. Sie fühlte sich soweit gut. Die Pflegerinnen mochten sie und dirigierten sie unauffällig durch den Tag. Einmal wöchentlich holte Anita sie zu einem langen Spaziergang und einem anschließenden gemeinsamen Besuch in einem Restaurant oder einem Café ab. Alles schien gut, wenn nicht, ja wenn nicht diese Weglauferei gewesen wäre. Mindestens alle vier, fünf Tage verschwand Gertrud. Meistens dann, wenn eben niemand hinschaute. Plötzlich, so kam es den Pflegern vor, war sie weg. Es war nicht die Aufgabe des Pflegepersonals, sie zu finden, also was tun. Zunächst raste Anita jedes Mal nach Offenbach, um sie zu suchen. An Tagen in denen sie arbeitete oder sonst nicht weg kam, rief sie die Polizei, die sie dann zwar ausfindig machte und zurück brachte, aber so ging es nicht weiter.

Anita kam ins Grübeln. Ich muss eine Lösung finden, sagte sie sich. Aber zunächst sollte sie sich um die Wohnungsauflösung kümmern, sie erschrak, als sie die Wohnung näher begutachtete. Schon im Flur stolperte sie über einen der Koffer, der gleich aufsprang und eine Unmenge an Wäsche und Kleidung ausspukte. Es gab ja noch weitere Koffer und Taschen, vollgepackt für eine Reise. Anita flüchtete in die Küche, ein starker Kaffee war jetzt nötig. Dazu kam es nicht. Alle Schränke und auch der Eisschrank quollen über vor Lebensmitteln, verpackt in Tüten, Plastik und Konserven. Das Verfallsdatum lag teilweise mehr als drei Jahre zurück. Anita schaute ins Wohnzimmer, die Bücher standen noch an ihrem Platz, aber in jeder Ecke lag ein Bündel mit Zeitungen und Zeitschriften.

„Also", sagte sie sich, „die Demenz hat bereits vor drei oder vier Jahren begonnen. Ein Wunder, dass die Tante so lange durchgehalten hat." Anita und ein Freund, der ihr beim Entrümpeln half, brauchten drei Tage, bis die Wohnung geleert und sauber war.

Jetzt musste endlich das Problem mit dem Weglaufen gelöst werden. Gertruds Ehemann war vor fünf Jahren gestorben, mit seiner und ihrer eigenen Rente war genügend Geld vorhanden. Mit Hilfe der Pflegerinnen fand Anita eine ehemalige Lehrerin, die sich nach einer Nebenbeschäftigung umsah. Sie hatte sich aus gesundheitlichen Gründen etwas früher in Rente begeben, fühlte sich aber imstande noch ein wenig zu arbeiten. Nach einem Treffen mit Anita wurden die Einzelheiten besprochen. Frau Wagner besaß ein Auto, lebte seit einigen Jahren in Offenbach, also das Suchen der Vermissten war geregelt. Sie würde, um Gertrud kennen zu lernen, einmal in der Woche mit ihr spazieren gehen. Ansonsten war sie telefonisch meist erreichbar. In Härtefällen musste Anita die Polizei um Hilfe bitten.

Gertrud liebte es, von der Polizei zurück in die WG gebracht zu werden, obwohl die Herren und Damen von der Polizei diesen Einsatz nicht besonders schätzen. Aber wenn Gertrud im Polizeiauto saß, fühlte sie sich wie eine königliche Lady, die man in ihr Schloss zurückbrachte.

Anita hatte ein gutes halbes Jahr gebraucht, um alles zu regeln. Dann konnte sie aufatmen und in Ruhe betrachten, wie Gertrud sich in ihrem neuen Leben eingerichtet hatte. Sobald sie mit Gertrud nach einem Spaziergang wieder vor dem Haus, in dem sie nun wohnte, stand, sagte sie: „Hier war ich noch nie." Aber hatte sie die beiden Stockwerke überwunden und stand plötzlich in der WG, da huschte ein kleines Lächeln über Gertruds Gesicht, sie hatte ihre Mitbewohnerinnen und Mitbewohner wiedererkannt, sie war zuhause.

Neben den Pflegerinnen arbeitete eine junge Frau im Haus, der einerseits die Küche und die Essenszubereitung anvertraut waren, die sich aber in der übrigen Zeit darum kümmerte, dass sich die Bewohner nicht langweilten. Es wurde gemeinsam gesungen, Rätsel geraten, Tische eindecken und abräumen geprobt und Mensch ärgere dich nicht gespielt. Bei schönem Wetter ging es raus in die Natur zum Wandern oder zum Spielen mit dem Ball. Nach einem Jahr schien sich Gertrud wohl zu fühlen, sie fragte seltener, wann sie wieder nach Hause könne, sie unterhielt sich gerne, streute ihre Witzchen dazwischen, aber sie machte sich regelmäßig, gelegentlich sogar mehrmals in der Woche, auf und davon. Anita hatte mit dem Arzt darüber gesprochen, der meinte, da könne man wenig machen, am besten sei es, sie in ein Heim mit geschlossener Abteilung zu geben. Anita schluckte nur und beschloss, nie wieder diese Praxis zu betreten. Aber, es machte sie auch nachdenklich. Seither achtete sie sehr darauf, immer einige Schritte hinter Gertrud her zu laufen, wenn eine Ampel in Sicht war. Gertrud wartete jedes Mal bei der roten Ampel und wurde nie ungeduldig, bis sie sich in Grün verwandelte.

Cornelia bat auch Frau Wagner, dies bei jeder Kreuzung zu prüfen.

In der Mitte des zweiten Jahres begann Gertrud plötzlich, sich wieder an ihr altes Zuhause zu erinnern und bestand bei einem gemeinsamen Spaziergang mit Anita darauf, dort sofort vorbei zu schauen. Anita schluckte, was tun? Dann kam ihr die erste dicke Lüge über die Lippen: „Hast du vergessen, dass die Wohnung renoviert wird. Wir stören die Arbeiter doch nur, wenn wir da jetzt auftauchen." Gertrud lächelte. „Wirklich, das habe ich ganz vergessen." Der Wunsch, ihre alte Wohnung zu sehen, wurde von Gertrud seitdem nie wiederholt. Anita hatte ein schlechtes Gewissen, doch was hätte sie sonst machen sollen? Aber Gertrud erinnerte sich an den Weg zu ihrem letzten Zuhause. Sie lief einige Wochen später wieder in diese Richtung, spazierte an dem Haus vorbei, dann entdeckte sie gegenüber ein Café, trat ein, setzte sich in einer Ecke an einen kleinen runden Tisch und bestellte Kaffee und Kuchen. Nach einer halben Stunde kam die Bedienung an ihren Tisch, legte die Rechnung darauf und wartete. „Was ist?", fragte Gertrud. „Bezahlen bitte", sagte der junge Mann. „Ich habe kein Geld", sagte sie. Er lief zu seiner Chefin: „Sie will nicht bezahlen!" Man beobachtete Gertrud. Sie schien harmlos. Die Chefin rief die Polizei. Es dauerte und dauerte. Gertrud bestellte noch einen Kaffee. Man servierte ihn ihr. Schließlich kam die Polizei. „Ach, die Frau Weber. Hat es geschmeckt?" Gertrud lächelte. „Ja, sehr." „Wo ist die Rechnung. Wir bezahlen und nehmen sie gleich mit."

Gertrud kam strahlend in ihrer WG an. Die Polizei murrte, verlangte das Geld zurück. Frau Wagner schlug vor, dem Café die Nummer der WG zu geben, dann könnten sie uns benachrichtigen und ich kann sie abholen. Gertrud gefiel es seither, in ihre alte Wohngegend zu wandern und dort Kaffee zu trinken.

Nicht immer war es so einfach, sie aufzuspüren. Einmal stieg sie einfach in einen Bus und stieg etwa fünfzehn Kilometer weiter entfernt wieder aus. Ein anderes Mal spürte sie Frau Wagner in der Nähe der Autobahn auf. Einige Wochen später wurde die Polizei von Passanten gerufen, weil Gertrud sich seltsam benahm.

Die Pflegerinnen mochten Gertrud, außer dem Weglaufen schien sie pflegeleicht und war immer gut aufgelegt. Als sie ihre Handschuhe statt der Socken anzog, musste sie selbst darüber lachen. Das mit dem Anziehen wurde immer schwieriger, manchmal zog sie einen Pullover über das Nachthemd, dann die Hose verkehrt herum an und ähnliches mehr. Aber es störte sie nicht, wenn die Pflegerinnen die Kleidung korrigierten.

Sie genoss es mittlerweile, gelegentlich alle zu täuschen. Sie saß an einem Tisch und kritzelte eifrig in ein Heft. Zwei Pflegerinnen fragten sie, was sie denn schriebe. „Über mein Leben", sagte sie „was sonst." „Ja erzählen sie doch mal." Gertrud holte weit aus, fabulierte irgendwelche Geschichten zusammen. Dann stand sie plötzlich auf und sagte: „Ich habe jetzt noch eine Verabredung. Also Tschüss." Packte ihre Sachen und fort war sie. Bis die Pflegerinnen begriffen, sah man sie schon aus dem Haus laufen, keine Chance, sie einzuholen. Manchmal wanderte Gertrud nur einen Stock tiefer, dort war die Verwaltung. Sie schaute sich um, falls gerade eine kleine Besprechung stattfand, setzte sie sich dazu und schwieg lange Zeit, bis sie wieder aufstand und sagte: „Ist ja alles sehr interessant, aber ich muss jetzt gehen.“

Gelegentlich begleitete Anita das Grüppchen, das mit Frau Reiter geplant hatte, etwas außerhalb zu unternehmen, denn zwei Personen konnten besser auf sechs, die äußerst vergesslich waren, aufpassen, als eine allein. Einmal gab es ein Event mit Gesang, eine Klavierspielerin und ein Sänger stellten singend und spielend ein Lied vor, dann stimmte der gesamte gut gefüllte Saal mit ein. Es waren meist Hits aus vergangenen Zeiten, die dort gesungen wurden. Zu Anitas Erstaunen, sang die kleine Gruppe aus der Demenz-WG ebenfalls immer mit. Sie kannten all die Schlager und Lieder Strophe um Strophe auswendig, ob es nun Freddy Quinn, Hans Albers, Hildegard Knef, die Abbas oder Nena waren, die diese Schlager bekannt gemacht hatten, die Damen aus der WG kannten die Texte.

Ende ihres vierten Jahres in der WG musste Gertrud ins Krankenhaus. Man stellte eine leichte Lungenentzündung fest, sie sollte lediglich einige Tage in der Klinik bleiben. Gleich am zweiten Tag war Getrud plötzlich verschwunden. Zwei Personen des Personales durchsuchten die Klinik vom sechsten Stock bis hinunter zum Erdgeschoss. Sie schauten in alle Zimmer, alle Toiletten, alle Flure – nichts. Dann rief man die WG an, diese wiederum telefonierte mit Anita. Sie schwang sich in ihr Auto, parkte vor dem Krankenhaus, dann suchte sie die Umgebung ab. Ganz in der Nähe gab es ein Lokal. Anita erblickte die Tante sofort und setzte sich zu ihr. „Tante, du kannst nicht einfach aus der Klinik weglaufen." „Bin ich weggelaufen? Wo denn?" „Du bist im Krankenhaus gewesen, wegen des Fiebers." „Ach Quatsch. Da war ich nie. Ich habe auch kein Fieber." „Also los, wir gehen jetzt." Anita bezahlte und zog Gertrud mit sich. Der Arzt im Krankenhaus war angesäuert. „Sowas geht nicht. Wir können sie nicht hier behalten. Sie hat eh kaum noch Fieber." Also wurden ihre Sachen eingepackt und sie fuhren mit dem Taxi in die WG. Dort war man verärgert und skeptisch. „Also, die müssen doch auf so einen Fall eingerichtet sein." Anita seufzte. „Stecken Sie sie ins Bett und holen Sie den Arzt, wenn es schlimmer wird. Ich muss die nächsten Tage arbeiten, aber ich spreche mit Frau Wagner, sie könnte sie vielleicht täglich besuchen." Gertrud bekam Antibiotika vom Hausarzt, durfte so lange sie wollte im Bett bleiben, das Frühstück wurde ihr ans Bett gebracht, sie genoss es, aber nach einigen Tagen war ihr langweilig. Sie kam pünktlich zum Frühstück, redselig und hungrig wie immer.

Trotzdem, irgendetwas schlich sich ein auf leisen Schritten. Gertrud wurde schwächer, starrte gelegentlich lange aus dem Fenster, lief bei den Spaziergängen nicht mehr vorne weg, aß weniger. Die Pfleger beobachteten es im Tagesverlauf. Anita spürte es, sie besuchte Gertrud jetzt zweimal wöchentlich. Doch das Weglaufen hatte sie nicht vergessen, nur kam sie jetzt oft nach wenigen Schritten zurück und wenn sie es weiter schaffte, ging es schnurstracks in ihr Café, wo sie bedient und dann wieder abgeholt wurde. Dann kam das Ende doch überraschend. An einem der letzten sonnigen Herbsttage starb Gertrud, wie man so schön sagt, im Kreise ihrer Lieben.

Anita schrieb an ihre Mutter: „Obwohl es gelegentlich aufregend war, bin ich froh, die Betreuung übernommen zu haben. Ich konnte Gertrud etwas bewahren, ihren Drang nach Freiheit, denn dieses Weglaufen gab ihr das Gefühl, frei zu sein. Ich bin sicher, sie hat ihr Leben bis zum Ende genossen."

Eine Reise zum Meer

Die Reise begann an einem Sonntag im August. Stefan und Lisa galten als Paar. Waren sie ein Paar? Er würde sagen: ‚nein natürlich nicht' und sie würde den Kopf schütteln und sagen: ‚nee, eher Bekannte. Freunde auch nicht so recht'. Stefan hatte sich vor einigen Monaten ein neues knallrotes Auto gekauft und wolle jetzt unbedingt nicht die Autobahn auf- und abfahren, sondern verreisen, weit weg ans Meer. Lisa klatschte vor Vergnügen und rief: „Endlich mal ein gute Idee", als er sie fragte. „Wunderbar, das war schon längst fällig." „Was? Dass ich dich frage?" „Nein, endlich wieder mal das Meer zu sehen, das ich so liebe." „Also abgemacht?" „Klar." Es ist so bequem mit dem Auto zu verreisen, man wirft einfach alles, was mitgenommen wird, hinein. Lisa, der immer wieder was Neues einfiel, das sie unbedingt brauchte, wurde irgendwann nervös. „Nein, das ist nichts für mich, bald werfe ich noch meinen ganzen Kleiderschrank rein." Sie holte ihren kleinen violetten Koffer und packte das Nötigste ein, bis nichts mehr drin Platz hatte, dann kniete sie sich auf ihn und rums, war er geschlossen.

Gegen elf Uhr fuhren sie endlich los. Stefan saß lässig am Steuer, bei geöffnetem Fenster, den linken Ellenbogen darauf gestützt. Lisa guckte raus auf der anderen Seite. Sie liebte eigentlich das Zugfahren. Da sieht man mehr, stellte sie fest. Egal, das wichtigste war, das Meer wäre bald in

Sicht. Aber man fuhr zunächst nach Paris. Dort wollte Stefan einen Geschäftsfreund treffen. Gegen Abend erreichten sie die Wohnung von Stefans Freund. Sie speisten in einem bekannten Lokal in St. Germain. Dann meinte Stefan so nebenbei: „Wir haben jetzt noch wichtige Dinge zu besprechen. Du hast morgen einen freien Tag für Paris. Geh ins Museum oder sonst was. Dienstag früh geht es weiter. Vergiss nicht, dir den Namen des Hotels aufzuschreiben, damit du es wieder findest." „Ja, Papa", sagte sie. Allerdings hatte am Montag nicht ein einziges Museum geöffnet. Sie verbrachte einen wunderschönen sonnigen Tag in Paris. Sie spazierte endlos lange am Ufer der Seine entlang. Sie umrundete den Eiffelturm und überlegte, ob sie den Schritt wagen sollte und zur Spitze zu fahren. Aber sie entschied sich dagegen. Wozu sich unnötiger Angst aussetzen.

Gegen Abend kam sie zurück ins Hotel, kein Stefan in Sicht. Sie gönnte sich noch ein Glas Wein auf ihrem Zimmer, stellte sich kurz unter die Dusche und war, kaum hatte sie sich die Decke bis zur Nase gezogen, eingeschlafen. Dienstag fuhr man dann gegen elf Uhr los. Stefan musste sich schließlich von der Arbeit des gestrigen Tages erholen. Stefan hatte noch einen Abstecher nach Chartres eingeplant. Lisa seufzte. Sie träumte von ihren früheren Reisen nach Bordeaux in ihrer Kindheit und Jugend. Also gut, dann schauen wir uns halt die Kathedrale in Chartres an. Auf dem höchsten Punkt der Stadt steht die fünfschiffige gotische Kathedrale. Sie machte tatsächlich einen ernsten und feierlichen Eindruck. Das düstere Gemäuer erschreckte

Lisa, doch die Schönheit mancher Details wie die leuchtenden Farben der Glasfenster sowie die herumstehenden Gestalten aus Stein erfüllte sie mit Staunen und Freude. Sie verzieh Stefan den Umweg und drängte nach dem Kaffee zum Aufbruch. Doch er brauchte dringend noch einen Espresso, denn er war eigentlich zu müde, um weiterzufahren. Lisa zuckte mit den Schultern. Sie hatten übersehen, dass plötzlich dunkle Wolken den Himmel bedeckten. Trotzdem stiegen sie ins Auto und er fuhr nach einem kurzen Seufzer weiter. Ein müdes Schweigen breitete sich im Auto aus. Schon nach gut eineinhalb Stunden lenkte er das Auto nach links, dann nach rechts. Sie schaute ihn fragend an. „Zeit zum Mittag essen", meinte er. Sie schaute auf ihren Arm: vierzehn Uhr. „Meinetwegen", sie wollte keinen Streit.

Nach dem Essen hatte sie Lust auf einen kleinen Spaziergang, aber sie verzichtete, bald anzukommen, schien ihr wichtiger. Ein heftiger Wind hatte die Wolken vertrieben, eine blasse Sonne erschien am Himmel, das Wetter besserte sich. Zusätzlich entstand noch eine kleine Meinungsverschiedenheit über das Ziel ihrer Reise. Stefan behauptete plötzlich, man habe ausgemacht bis Brest zu fahren. Lisa widersprach, das Ziel sei doch immer La Rochell gewesen. Er äußerte sich nicht weiter, dann gab er ihr den Autoschlüssel mit den Worten: Jetzt bist du an der Reihe. Auch das war nie besprochen worden. Sie nahm ihn, schwieg und dachte nur kein Streit, dann fahr ich halt ein Stück. Und so wie Lisa fuhr, konnte es Stefan nicht mit ansehen. Sie reihte sich bedächtig in die Hauptstraße, gab dann Gas, aber nur ein wenig. Stefan wartete und wartete, aber sie kam nicht in Schwung. „Gib Gas Mensch, die Straße ist fast leer." Sie wurde ein wenig schneller. Er lehnte sich brummend zurück. Dann ging es erst richtig los. „Weiter Mensch, den musst du überholen. Schneller sonst sind wir um Mitternacht immer noch unterwegs. Pass doch auf. Lass den doch nicht überholen, mehr Tempo bitte." So ging es schon die zweite Stunde. Lisa, die sich aufs Fahren konzentrierte, hatte aber bald genug von seiner Art sie anzutreiben. Dann gegen vier Uhr am Nachmittag lenkte sie das Auto weg von der Hauptstraße, fuhr einen schmalen, kurvenreichen Weg entlang. Stefan schüttelte den Kopf, wollte sie wieder antreiben, aber Lisa sagte: „Warte doch einen Moment." Sie stoppte das Auto auf einem Parkplatz vor einem Gartenlokal. Sie hatte sich den Namen auf einem Werbeschild einige Kilometer vorher eingeprägt und nur darauf gewartet, den Ort endlich zu erreichen. Dann stieg sie aus, ging ums Auto herum, öffnete es, zog ihren Koffer heraus, hängte sich die Tasche um den Hals, ging nach vorne und sagte zu ihm: „Du kannst allein weiterfahren. Mir reicht es."

„Du spinnst wohl", rief er, „komm setz dich rein. Ich fahr weiter." Sie schüttelte den Kopf und lief in Richtung des Gartens, suchte sich einen Platz, stellte den Koffer ab und setzte sich mit dem Rücken zu ihm. Sie lächelte, als sie endlich ein Geräusch vernahm, das sie vermuten ließ, er sei dabei wegzufahren. Sie bestellte in ihrem besten Französisch Kakao und Kuchen und fragte die Servfererin: „Kann ich hier übernachten?" „Nein, aber zwei Kilometer von hier finden Sie ein kleines Hotel." „Zwei Kilometer mit dem Koffer zu laufen, ist ein ganz schönes Stück Arbeit." „Aber haben Sie nicht ein Auto? " „Nein, es ist weg. Ich muss das schon allein schaffen." Lisa blieb sitzen. Sie überlegte, notfalls ein Taxi zu nehmen, so was wird es hier wohl geben. Sie bestellte ein Glas Apfelsaft.

Dann dachte sie darüber nach, ob sie jetzt erwarte, er würde nach einer halben Stunde zurückkehren und sie würden zu zweit weiterfahren. Dann schüttelte sie energisch ihren Kopf. Sie hatte eh keine Lust, bis nach Brest durchzustarten. Er hätte sich bestimmt durchgesetzt. Nein, auf keinen Fall, La Rochelle oder vielleicht nach Bordeaux und Cap Ferret, der Ort, an dem sie während ihrer Kindheit einige Sommer verbracht hatte. Sie zog die Karte aus ihrer Tasche, ließ sich von der Bedienung zeigen, wo sie ungefähr gelandet war. Zwischen Le Mans und Angers. Sie musste also jemanden finden, der entweder nach Nantes oder nach La Rochelle fuhr. Das zweite wäre ihr lieber.

Sie schaute sich um nach den anderen Gästen. Dort, etwas weiter hinten links von ihr, saß ein Paar, das sehr mit sich beschäftigt war, aber sie trotzdem gesehen hatte, als sie sich umschaute. Sie zuckte mit den Schultern. Wichtig war jetzt, von hier weg zu kommen. Sie dachte an das Handy in ihrer Tasche, aber das würde ihr jetzt auch nicht weiterhelfen. Das, was sie wirklich wollte, war, schnellstmöglich am Meer zu landen und dort wunderbare ungestörte vierzehn Tage zu verbringen. Da tauchte neben ihr die Frau vom Tisch hinten links auf. Überraschung, es war eine Deutsche. „Entschuldigen Sie, dass ich Sie anspreche, aber kann es sein, dass Sie hier allein sind und nicht weiterkommen?"

Lisa lächelte. „Genauso ist es. Aber mir wird schon was einfallen. Trotzdem danke." Die Fremde nickte, schien einen Moment nachzudenken, dann lächelte sie. „Also wir fahren nach La Rochell. Es wäre noch Platz frei für eine Person und ein Köfferchen." Lisa atmete erleichtert auf, obwohl besonders sympathisch fand sie die Frau nicht. Trotzdem, zwei bis drei Stunden hält man mit jedem aus. Sie lächelte zurück. „Also, wenn Ihnen das nicht zu viel ist, komme ich gerne mit." „Wir wollen eben noch eine Kleinigkeit essen. Sagen wir, in einer halben Stunde sind wir bereit abzufahren." „Gut, dann mache ich noch einen kleinen Spaziergang." Die Frau nickte ihr zu und ging zurück zu ihrem Tisch. Lisa stellte ihren Koffer im Restaurant ab und machte sich auf den Weg, eine Runde zu drehen. Sie fragte sich, warum ihr die Frau so merkwürdig vorkam, so als würde sie eine Rolle spielen, in die sie nicht hinein passte. Aber egal, zwei Stunden Fahrt, was kann da schon passieren.

Es waren fast fünfzig Minuten vergangen, bis alle Personen im Auto saßen und man sich auf den Weg machte. Zunächst fuhr der Mann, der sich als Herr Lang vorstellte. „Gab es ein Unglück, weil ihr Fahrer plötzlich verschwand?" „Nein, er hat meinen Fahrstil nicht ausgehalten." Schweigen. Nach einer kleinen Pause: „Wissen Sie, dies ist unsere erste gemeinsame Reise." Lisa nickte. „Wir haben uns eben erst kennengelernt." Herr Lang nahm eine Hand vom Steuer und tätschelte den Oberschenkel seiner Nachbarin. Sie kicherte leise. „Wissen Sie", begann sie wieder. „Wir haben uns vor dieser Reise nie gesehen." Lisa schüttelte verwirrt den Kopf, wollte aber nicht antworten. „Wir haben uns über das Internet kennengelernt und unser erstes Treffen fand in Straßburg zum Beginn unserer Ferien statt." Lisa nickte, sie versuchte, sich einen Reim darauf zu machen. Also das hieß, so glaubte sie, die beiden haben sich zum ersten Mal vor einigen Tagen getroffen mit der Absicht, diese Reise zu unternehmen. Sie schwieg. „Sie sind überrascht", meinte die Frau, „aber für eine ernstgemeinte Beziehung muss man schon ein kleines Risiko eingehen." Die ausgestreckte Hand von Herrn Lang schien dieses Mal etwas höher zu verweilen. Lisa nahm sich vor, nicht mehr hinzuschauen. Die Frau kicherte leise, die Hand blieb oben, dann stürzte sie in die Tiefe. Lisa zog ihr Taschentuch heraus und begann laut und umständlich zu schnäuzen. Die Geräusche im vorderen Teil des Wagens wurden leiser, hörten aber nicht auf.

„Wissen Sie", übernahm nun Herr Lang das Wort, „wir waren von Beginn an sehr, ja man kann sagen, unglaublich stark verliebt in einander." In diesem Moment erklang lautes Hupen. Herr Lang ergriff eiligst das Steuer mit beiden Händen und fuhr im Schleuderkurs nach rechts. „Wir sollten vielleicht rechts bleiben und nicht überholen", meinte Frau Blum. Sie hatte sich beim Einpacken kurz vorgestellt, eben fiel Lisa der Name wieder ein. Herr Lang knurrte etwas von einem miserablen Fahrer, der nicht auf die Autobahn gehöre. Dann herrschte Schweigen und beide Hände blieben am Steuer. Jetzt begann Frau Blum eine Hand nach links Richtung seines Schenkels zu schieben. Er lächelte murmelnd. Lisa schaute auf die Uhr. Sie hatten noch eine gute Stunde vor sich. Jetzt wurde vorne geflüstert. Lisa hoffte, nichts zu verstehen. Frau Blum sagte plötzlich wieder: „Wissen Sie, so ein unendliches Glück, gleich zu Beginn der Internetsuche die Person gefunden zu haben, die man ein ganzes Leben gesucht hat, das grenzt schon fast an ein Wunder." Herr Lang nickte zustimmend. Eine Weile herrschte Stille. Dann hörte Lisa mal ein Gekicher, mal ein Glucksen oder leise geflüsterte Worte. Sie überlegte, ob diese Inszenierung ausschließlich für sie stattfand und ihre Anwesenheit die beiden antörnte? Dann konzentrierte sie sich darauf, aus dem Fenster zu schauen, das lenkte sie ab. Und obwohl sie schon nicht mehr daran geglaubt hatte, dass diese Autofahrt jemals zu Ende sein würde, erreichten sie La Rochell pünktlich und sie wurde am Bahnhof abgesetzt.

Sie nahm ihren Koffer, suchte ein Hotel, gönnte sich ein köstliches Abendessen. Am nächsten Tag nahm sie einen Zug nach Bordeaux. Dort lief alles nach Wunsch. Sie unternahm einen Bummel durch die Stadt, sie hatte doch glatt ihre Sonnencreme im Auto liegen lassen, außerdem brauchte sie noch dringend ein großes Badehandtuch. Die Zeit rannte dahin. Endlich, am späten Nachmittag war alles erledigt. Sie holte ihren Koffer am Bahnhof ab, nahm ein Taxi nach Cap Ferret, suchte und fand ein kleines Hotel, in das sie einzog.

Dann, am frühen Abend, es gab einen leichten Wind, die Sonne schien schon seit dem Morgen, Lisa roch die Nähe des Meeres, es rauschte leise. Sie trat aus dem Haus und lief Richtung Meer. Alles war wie bestellt. Der Sand schimmerte seidig hellbeige; die untergehende Sonne tanzte silbrig auf dem Wasser; die Wellen bewegten sich auf sie zu; das Wasser war kalt und frisch; der Wind kühlte das heiße Gesicht; das Rauschen erfüllte die Ohren. Sie war angekommen. Ihr Urlaub konnte beginnen.

Freundschaft

Wenn ich mich recht erinnere, lernte ich Robert so zwischen meinem fünfzehnten und sechszehnten Lebensjahr kennen. Diese Zeit meiner Jugend liegt nun mehr als sechzig Jahre zurück. Ich war die Jüngste von uns drei Geschwistern und es war mir damals streng verboten, bei Dunkelheit das Haus zu verlassen. Allerdings gab es eine Ausnahme, wenn mein Bruder oder meine Schwester mich gnädiger Weise einluden mitzukommen, durfte ich gelegentlich auch am Abend mit Bruder oder Schwester in die Innenstadt fahren. Da meine Eltern früh zu Bett gingen und offensichtlich in einen tiefen Schlaf sanken, erfuhren sie höchst selten, um welche Uhrzeit ihre Kinder nach Hause kamen. Die Geschwister waren sechs und fünf Jahre älter als ich, also schon fast erwachsen. Meine Schwester Marianne liebte das Kino und gelegentlich, wenn sie glaubte, der Film sei jugendfrei, nahm sie mich mit. Danach traf sie sich in einer Kneipe mit Freunden, die dann stundenlang über den Film schwätzten, was mich nicht immer interessierte. Aber ich wusste, wo mein Bruder steckte, ebenfalls in einem Lokal inmitten der Stadt, nämlich dem Treffpunkt der an unserem Stadttheater tätigen Schauspielerinnen und Schauspieler. Mein Bruder Manuel liebte das Theater und schien fest entschlossen, Schauspieler zu werden. Allerdings hatten ihm unsere Eltern auferlegt, zunächst eine kaufmännische Ausbildung abzuschließen. Sie hofften, er würde eines

Tages die kleine Buchhandlung meiner Eltern übernehmen. Kurz und gut, wenn mich die Kinobesuche langweilten, nicht die Filme, denn ich liebte es, Filme anzuschauen, sondern die langen Diskussionen darüber, dann verschwand ich heimlich und suchte meinen Bruder auf. Dort gefiel es mir besser, obwohl auch in dieser Runde viel geredet wurde, aber die Schauspieler sprachen nicht einfach nur, sie hatten prächtige Stimmen und versetzten sich gerne mal in diese oder jene Rolle, was ich ziemlich aufregend fand. Einer der Künstler gefiel mir besonders. Sobald er mich sah, schaute er mich streng an und sprach mit tiefer Stimme: „Jugendlichen unter achtzehn Jahren ist es verboten, dieses Lokal zu betreten." Oder er neckte mich, indem er behauptete, man würde mich suchen. Nachdem wir unsere kleine Aufführung beendet hatten, wurde auch hier heftig diskutiert und ich lauschte mit offenen Augen und Ohren.

Dort traf ich auch Robert. Er war kein Schauspieler, gehörte aber zu den regelmäßigen Besuchern dieses Lokals und man hörte bei den Diskussionen besonders auch auf seine Beiträge. Er arbeitete als Lehrer in einem Gymnasium zu dieser Zeit, aber seine Aufmerksamkeit und seine Gefühle gehörten der Musik. Er liebte seine Geige, sie war sein einziger Besitz, sie würde er nie aufgeben. Er unterhielt sich gelegentlich mit mir, fragte, was ich gelesen hätte, empfahl mir die Autoren, von denen er dachte, sie würden mir gefallen und mich weiterbilden. Ich hatte immer schon gern geschmökert, wie meine Mutter es nannte, aber er lenkte mich hin zu den großen Schriftstellern unserer Zeit. Gelegentlich, wenn es spät wurde und mein Bruder meinte, ich müsse unbedingt nach Hause gehen, begleitete er mich zur letzten Bahn, die mich in die Straße brachte, in der wir wohnten. Ich mochte ihn, aber verliebt, wie mein Bruder vermutete, war ich nicht in ihn. Die Liebe war für mich zu diesem Zeitpunkt noch ein lustiges Geplänkel mit gleichaltrigen Jungens. Robert war dreizehn Jahre älter als ich und ich betrachtete ihn damals als älteren Mann. So verging die Zeit, ich beschäftigte mich sehr mit meiner Ausbildung, und die gelegentlichen Treffen mit den Künstlern und ihren Diskussionen waren die kleinen Besonderheiten in meinem Leben.

Wir kannten uns etwa ein Jahr, da erzählte mir jemand, Robert sei schwul. Ich hatte keine Ahnung, was das sein sollte und dachte zunächst an eine Krankheit. Ich hörte mich um, erfuhr, man nannte es auch Homosexualität. Ich schaute im Lexikon nach, was es bedeute und verstand es wahrscheinlich, so denke ich heute, nur zum Teil und beschloss das sei Blödsinn. Wir trafen uns weiter an den Abenden, an denen mich mein Bruder gnädiger Weise mitnahm. Irgendwann verabredeten wir uns auch untertags in einem Café oder zu einem Spaziergang. Robert fragte mich nie aus nach persönlichen Dingen. Heute würde ich sagen, er kümmerte sich um meine Bildung. Er erklärte mir die Welt, erzählte mir viel über Musik, gelegentlich lud er mich zu einem seiner kleinen Konzerte ein, die er unter Freunden veranstaltete. Er schüttelte den Kopf über mein Unwissen und er war sehr bemüht, mir wenigstens ein Mindestmaß an Bildung beizubringen. Ich hatte nichts einzuwenden gegen seine Lehrveranstaltungen und für meine Bildung zu sorgen. Ich verstand, was er mir erzählte, begriff die Zusammenhänge und ich konnte mir alles gut merken, was ihn erfreute. In diesen Jahren wurde der Grundstock gelegt für meine späteren Interessen wie Literatur, Theater, Malerei und so weiter. Allerdings stellte sich auch heraus, besonders musikalisch bin ich eigentlich nicht.

Eineinhalb Jahre später beendete ich meine Lehre mit einem guten Abschluss. Man machte mir ein Angebot, in der Fima weiterhin zu arbeiten, aber ich wollte weg aus meiner Heimatstadt, weg von meiner Familie. Es waren sehr ungenaue Vorstellungen, die mich antrieben, aber ich glaubte, ich muss meine Erfahrungen an einem anderen Ort machen. Mein damaliger Chef schüttelte den Kopf und sagte: „Na gut, wie Sie wollen." Meine Eltern waren entsetzt, immerhin war ich noch nicht volljährig. Nur Robert meinte, es sei gut, sich in der Welt umzusehen und er sei überzeugt, es würde mir auch gefallen. Aber er warnte mich auch: „Du wirst dich manchmal nach deiner Heimatstadt zurück sehen. Vergiss nicht, es ist eine sehr schöne Stadt und du kennst hier jeden Winkel." „Na ja", erwiderte ich, „dann komm ich euch halt mal besuchen." Ich wollte einfach weg.

Frankfurt, die Stadt, die ich ausgewählt hatte, nahm mich keinesfalls freudig auf, im Gegenteil, anfänglich hatte ich ziemlich zu kämpfen. Mein erstes Zimmer in Untermiete kündigte ich schon nach drei Monaten, weil meine Vermieter ständig an mir herumnörgelten. Mein zweites Zimmer war nicht so schick eingerichtet, aber die alten Leute, die es mir vermieteten, waren sehr nett. Mein neuer Job war so lala. In der Großstadt benahm ich mich wie das Mädchen vom Lande und es dauerte bis ich mich in den Straßen, den Straßenbahnen, den Geschäften und den Kneipen so bewegen konnte wie all die anderen, die um mich herum waren. Außerdem brauchte es ziemlich lange, bis ich meine schwäbische Sprechweise aufgab und einigermaßen hochdeutsch redete.

Ich schrieb meiner Familie regelmäßig, wie sie es verlangt hatte, und es verging ein ganzes Jahr, bis ich mich aufraffte, die Verwandtschaft und meine Geburtsstadt wieder zu sehen. Es fühlte sich schon merkwürdig an, die alten Straßen und Gassen erneut zu entdecken. Die Familie wollte natürlich hören, dass ich bald zurückkehren würde. Kein Wort sagte ich darüber.

Dann traf ich Robert. Wir spazierten durch die Straßen. Ich erzählte, er hörte aufmerksam zu. Dann schlüpfte er in seine Lehrerrolle, fragte mich, was ich gelesen hätte, ob ich im Theater gewesen sei oder in der Oper. „So weit bin ich noch nicht", erwiderte ich „aber gut, dass du mich erinnerst, ich werde daran denken." Er lachte nur, gab es aber nicht auf, mich weiterhin zu belehren. In den nächsten Jahren kam ich nur selten zu Besuch. Dann starb mein Vater ziemlich plötzlich. Niemand hatte damit gerechnet. Er schien fit und voller Energie und dann plötzlich ein Schlaganfall und einige Tage später der Tod. Ich konnte nur wenige Tage bleiben. In der Firma war momentan viel zu tun und ich hatte natürlich ein schlechtes Gewissen, weil meine Geschwister sich um alles kümmerten. Voller Trauer fuhr ich zurück. Robert hatte ich nicht gesehen. Ich habe ihm nur einen Zettel in den Briekasten geworfen.

Im nächsten Jahr lud ich meine Mutter ein, mich doch in Frankfurt zu besuchen. Ich wohnte mittlerweile in einer eigenen Wohnung. Wir hatten einige schöne Tage, aber ich spürte, sie schien zwar neugierig zu sein, wo und wie ich lebte, aber sie sehnte sich auch gleichzeitig zurück in die Nähe ihres verstorbenen Mannes, meines Vaters. Im nächsten Jahr lernte ich meinen zukünftigen Ehemann kennen und wir planten zu heiraten. Die Trauung sollte in Frankfurt stattfinden, aber meine Mutter und meine Geschwister beschlossen, uns eine Freude zu machen und bereiteten eine Feier in meiner Heimatstadt vor. Neben meinen früheren Kolleginnen und vielen alten Freunden habe ich auch Robert eingeladen. Es wurde ein schöner, unvergesslicher Tag. Bei traumhaftem Wetter feierten wir im Garten meiner Mutter. Robert spielte auf seiner Geige. Meine Freundinnen und Freunde erzählten Geschichten aus unserer gemeinsamen Vergangenheit. Zwei Tage später fuhren mein Ehemann und ich weiter nach Italien. Robert hatte mir bei dieser Gelegenheit erzählt, dass er den Schuldienst endlich aufgegeben hätte, und ihm eine interessante Stelle in einem Verein, der sich mit kulturellen Aktivitäten beschäftigte, angeboten worden war. Er arbeitete dort schon seit einigen Monaten und schien sehr zufrieden damit zu sein.

In den nächsten Jahren wurden meine beiden Kinder geboren, meine Mutter besuchte ich selten, auch Robert sah ich entsprechend wenig. Aber wir begannen uns gelegentlich zu schreiben. Ich schickte ihm nach jeder Geburt einen kurzen Brief und er antwortete mir meist drei bis vier Wochen später einige Seiten lang, in denen er sich Gedanken darüber machte, wie ein Kind ein Leben verändert und welche Wege man in der heutigen Zeit bezüglich einer bestmöglichen Erziehung einschlagen müsse. Ich freute mich, aber ich lächelte auch darüber, weil ich doch keine fünfzehn mehr war. Erst später begriff ich, dass ihn doch gelegentlich seine Einsamkeit schmerzte und er vielleicht darüber nachdachte, ob ihm ein Kind fehlte, dem er auf Grund seiner eigenen Erfahrungen sicher einiges zu erklären hätte. Aber wir haben nie darüber gesprochen. Ich fühlte und glaubte, dass er doch zufrieden schien mit seinem Einsiedlerleben, zumal ihm keineswegs Freunde fehlten.

In den nächsten Jahren arbeitete ich wieder halbtags und war mit dem Job und der Erziehung meiner Kinder ziemlich beschäftigt. Wir nutzten nur die Feier- und Festtage, um uns zu schreiben, gelegentlich schickte ich ihm Fotos meiner Kinder. Meine Mutter starb einige Jahre später. Auf ihrer Beerdigung nahmen außer mir nur meine Geschwister und Robert teil. Ich konnte leider nur einen einzigen Tag bleiben. Es war ein trauriger Tag.

Einige Jahre später zog mein Ehemann nach Kanada, er nannte es eine nur vorübergehende Entscheidung, vor allem die Kinder sollten ihn bald besuchen. Ich empfand es als Trennung. Ich fuhr spontan in meine Geburtsstadt und blieb dort einige Tage, die ich großenteils mit Robert verbrachte. Wir sprachen kaum über meine Ehe und schon gar nicht über eine mögliche Auflösung.

Robert machte mit mir eine Führung durch die Stadt. Ich wollte sagen, ich kenne doch alles, aber ich ließ mich darauf ein. Ich lernte die Stadt meiner Geburt noch einmal kennen. Natürlich erinnerte ich mich noch an die vielen bekannten Gebäude, den Dom, das Theater, das Rathaus, die berühmten Kirchen und all die anderen Plätze. Aber ich hatte auch viel vergessen oder nie gewusst. Es waren zwei wunderbare Tage, die ich sehr genossen habe. So gelang es mir, zufrieden mit mir und meinem Leben wieder in Frankfurt anzukommen.

In den nächsten Jahren haben wir uns regelmäßig geschrieben. Ich besuchte ihn noch einige wenige Male. Ich machte bei meinen Reisen nach Italien oder Frankreich einen kurzen Halt in meiner Heimatstadt. Meist dauerte mein Aufenthalt nur einen halben Tag, nur selten übernachtete ich auch dort in einem Hotel. Wir unternahmen einen längeren Spaziergang durch die nahen Wälder oder entlang des breiten Flusses. Wir erzählten einander ein wenig über unser Leben und diskutierten meist über Politik, Theater, Kino und alles andere, was uns interessierte.

Vor sieben Jahren ist Robert gestorben. Ein Freund von ihm, der sich nach seiner Beerdigung um die Räumung der

Wohnung kümmerte, hatte meinen letzten Brief an ihn gefunden und mir daraufhin geschrieben. Als ich seine traurige Mitteilung bekam, war Robert schon beerdigt worden. Er war ein guter Freund. Ich werde ihn nicht vergessen. Seine Briefe liegen in einem Ordner und gelegentlich lese ich darin. Übrigens habe ich ihn nie gefragt, ob er homosexuell sei.

Ein anderes Leben

Wenn ich so ins Grübeln komme, das geschieht öfter in letzter Zeit, dann fällt mir auf, wie sehr sich meine kleine Welt und natürlich auch die große in den letzten beiden Jahren verändert hat. Anfang der Corona-Pandemie verabredete ich mich mit meinen Freundinnen im Park oder auf dem Friedhof. Es gibt viele Wege in unserem Friedhofspark. Wollte man alle Wege kennenlernen, wäre ein ganzer Tag notwendig, um sie alle entlang zu laufen. In den Frühlings- und Sommermonaten herrscht ein vielfältiges Grün. Es begegnen uns Hunderte von Bäumen, Büschen, Wiesen, aber wenige Menschen neben den Statuen und Gräbern. Jetzt habe ich den Faden verloren. So ist das manchmal im Alter. Plötzlich taucht ein neuer Gedanke auf, man folgt ihm und fragt sich dann, „wo war ich stehen geblieben?" Richtig, beim Spazierengehen mit meinen Freundinnen.

Einige Monate später traf man sich geschützt mit Maske entweder zum gemeinsamen Laufen oder manchmal im Café. Kino und Theater waren lange Zeit tabu. Später war es mit Maske wieder möglich, dort hinzugehen und man musste geimpft sein. Heute würde ich sagen, ich kann ein kleines Stück weit begreifen, wenn Menschen glauben, dies alles hat jemand erfunden, um unsere Demokratie ins Wanken zu bringen, jemand, der unbedingt etwas brauchte, um viele Menschen dazu zu bewegen, dagegen zu sein, wenn es sein muss mit Gewalt. Ehrlich gesagt, ich hoffe, wir werden es nicht erleben.

Heute unternehme ich immer noch täglich Spaziergänge, aber viel öfter allein. Denn einige meiner Freundinnen und Bekannten sind verschwunden oder abgetaucht, ich weiß nicht, wie ich es nennen soll. Wir sind alle rund um die achtzig und ein kleiner Teil schon im Altersheim. Bei einigen leben beide Ehepartner noch, bei anderen ist der Partner oder die Partnerin gestorben und einige wohnen einfach gern allein.

Edith ist mit ihrem Mann schon seit Beginn ihrer Ehe immer unterwegs. Sie suchen sich ein Land, wo es weniger Infizierte und mehr Geimpfte gibt als bei uns, fahren dort hin und genießen die Tage. Sie sind daneben immer wieder in Quarantäne, das stört sie nicht. Sobald wie möglich ist die nächste Reise fällig.

Ingrid dagegen verlässt nur noch selten das Haus, hat sich völlig eingeigelt. Die Lebensmittel werden gebracht, anderes, was sie braucht, lässt sie sich mit der Post schicken. Frische Luft holt sie sich auf dem Balkon und zum Impfen fährt sie mit dem Taxi. Wir telefonieren mindestens jeden Tag und ich schätze, es gibt noch einige andere, mit denen sie telefonisch in Verbindung steht. Dann hat sie ja auch noch ein Fernsehgerät und wahrscheinlich fünfzig Filme, die sie ablenken können. Charlotte spazierte überall hin, nahm an allem teil, was möglich war, wollte sich aber auf keinen Fall impfen lassen. Jetzt befindet sie sich seit zwei Wochen im Krankenhaus.

Klara hat sich aufs Land zurückgezogen. Wir telefonieren gelegentlich miteinander. Bei Helene und Karl hat sich die Krankheit bei allen Familienmitgliedern eingeschlichen. Sie sind alle geimpft und abgesehen davon, dass sie zuhause eingesperrt leben, sind sie alle ohne starke Symptome und sie klingen sehr zuversichtlich.

Franziska, Gerlinde und ich sind übrig geblieben. Wir sehen uns regelmäßig, machen, was möglich ist und lassen uns die gute Laune nicht verderben. Gezwungenermaßen bin ich trotz allem viel allein. Natürlich lebe ich nicht auf einer Insel. Ich habe Nachbarn, ich treffe auf meinen Wegen andere Spaziergänger und ich sehe die Kinder, wenn sie von der Schule kommen, oder sich auf dem Spielplatz amüsieren. Und da hat sich einiges getan. Ich wohne in einer schmalen Straße mit dreistöckigen Häusern rechts und links in der Nähe eines kleinen Parks und eines zweiten ungefähr zehn Minuten zu Fuß entfernt. Die meisten Menschen, die hier in meiner Umgebung leben, habe ich bestimmt schon viele Male gesehen, ohne dass wir ein Wort miteinander gewechselt haben. Ende des letzten Sommers begann es, dass mich jemand auf der Straße freundlich grüßte, und ich grüßte fröhlich zurück. Dann passierte dies öfters. Bereits im Herbst blieb man auch mal stehen, um einige Worte – meist über das Wetter – auszutauschen. Um diese Zeit hatten selbst die Kinder angefangen, mir bei meinen Spaziergängen ein Hallo zuzurufen. Die im

Kinderwagen winkten mit den Händchen und freuten sich, wenn ich zurückwinkte. Das alles stimmte mich heiter. Plötzlich tauchte das Gefühl auf, dass wir nicht mehr Fremde sondern Teile einer großen Familie sind.

Gestern traf ich einen etwa zehnjährigen Jungen mit einem schweren Schulranzen auf dem Rücken. Ein Unsinn, den Kindern so vollgefüllte Rucksäcke aufzubürden. Nun gut. Ich fragte ihn, ob ihm der Ranzen nicht zu schwer wäre. Er schüttelte den Kopf und erklärte mir, wenn er die Riemen an den Schultern richtig einstelle, könne er ihn schon bis zur Schule tragen. Wir lächelten uns an und er sagte „tschüss", winkte und bog nach rechts ab. Ich winkte ebenfalls und spazierte die Straße entlang zum Bäcker.

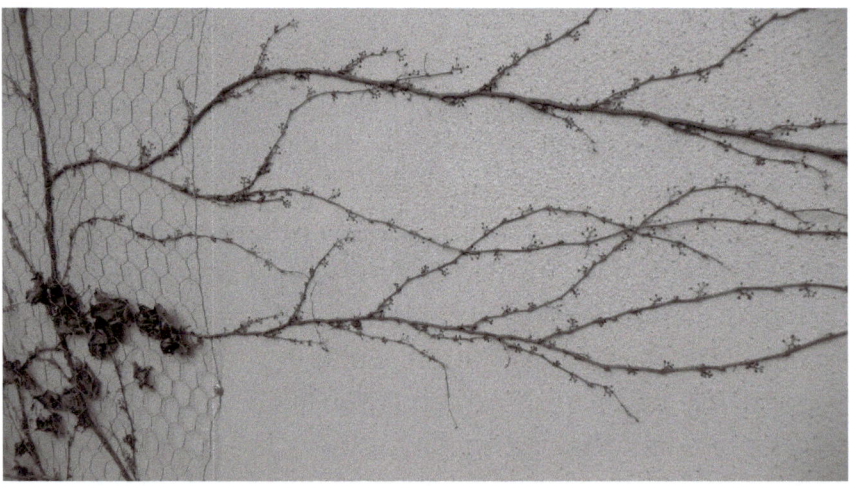

Heute habe ich mich mit einer jungen Frau ausgetauscht, wir standen vor unserem Lebensmittelladen, sie kam raus und ich wollte rein. Nach dem üblichen wie geht's und alles gesund, tauschten wir uns darüber aus, wann Einkaufen mit wenigen Kunden im Laden möglich ist, wann man am besten nicht mit der Bahn fährt, weil sie knallvoll ist und schließlich erzählten wir uns unsere Wünsche, was wir alles unternehmen werden, wenn dies vorbei ist. Ich freue mich darauf, endlich mal wieder ohne Maske ins Kino oder ins Theater zu gehen. Sie dagegen, dreißig Jahre jünger als ich, möchte unbedingt mal wieder tanzen. Beide sehnen wir uns danach, mit mehreren Freunden essen zu gehen oder gar zu einer Party eingeladen zu werden. Natürlich freuten wir uns auch auf unsere nächste Reise ins Ausland, ohne vorher getestet zu werden oder irgendwo in Quarantäne zu sitzen.

Der Stalker

Anna ist 1990 in Ludwigshafen geboren und dort mit ihren Eltern und zwei Geschwistern aufgewachsen. Sie erzählt gern von ihrer wunderbaren Kindheit und Jugend. Trotzdem wurde es ihr in den letzten Jahren in Ludwigshafen zu eng. Nach dem Abitur zog sie nach Frankfurt, studierte Literatur und Kunstgeschichte. Sie ist eine fantastische Schwimmerin, hat aber davon abgesehen, sich einer Sportkariere, wie man sie ihr vorgeschlagen hat, zu widmen. „Das Schwimmen bedeutet mir viel, aber ich möchte auf keinen Fall alle Zeit meines Lebens damit verbringen", erklärte sie. Ein Grund, ihre Heimatstadt zu verlassen, hängt auch mit der Trennung von Erich zusammen, ihrem Schwimmmeister, was sie allerdings weit von sich weist. Momentan arbeitet sie als freie Journalistin und schreibt nebenbei an ihrer Promotion in Kunstgeschichte. Sie besitzt eine geerbte eineinhalb Zimmerwohnung in Bornheim, ihrem Lieblingsviertel in Frankfurt. Anna bezeichnet sich selbst als den sportlichen Typ. Sie hält nicht viel von Kosmetikartikeln, die versprechen schöner zu machen. Sie ist schlank, hat wunderschönes dunkelbraunes Haar und ist auch sonst mit ihrem Aussehen sehr zufrieden. Vor einem Dreivierteljahr ist ihr Robert über den Weg gelaufen. Als sie mit dem Fahrrad durch den Park strampelte und eben links abbog, kam Robert von rechts und wäre ihr beinahe ins Rad gelaufen. Kurzes Gekreische, dann beschloss man zur Versöhnung erstmal gemeinsam einen Kaffee zu trinken. So hatte es angefangen und die ersten Monate glaubte sich Anna zwar nicht im siebenten, aber dennoch in einem kleineren Himmel.

Doch dieser verdunkelte sich rasch und stattdessen versuchte Robert, sie immer mehr einzuengen. Es begann mit einigen Fragen von Robert wie: „Was hast du gestern gemacht, wer ist das, mit wem du dich da eben unterhalten hast, wer hat dir da zugenickt. Wo bist du gestern Nachmittag gewesen, warum habe ich dich nicht erreicht?" Er steigerte sich in die Idee, sie müsse ihm alles, was sie von morgens bis abends getan hatte und mit wem sie sprach, in kleinsten Details berichten. Anfangs fand sie es lustig, konnte noch darüber schmunzeln, aber nach einigen Wochen fing es an, sie total zu nerven. Sie trennte sich schließlich von ihm. Aber das machte es nur noch schlimmer. Er verfolgte sie, sobald sie die Straße betrat. Blieb sie aber längere Zeit zuhause, klingelte er Sturm, bis sich die anderen Bewohner des Hauses beschwerten. Das störte ihn wenig. Anna stellte den Klingelton ab und ließ das Schloss der Wohnung austauschen. Robert gelang es, einen Nachschlüssel zu ergattern und er hielt sich immer öfter in ihrer Wohnung auf, wenn sie nicht zuhause war, um dort Abhörgeräte und ähnliches aufzustellen. Schließlich ging Anna zur Polizei, denn seine Versuche, sie zu sehen, zu sprechen, zu befragen, schränkten sie total ein und sie fand keine Ruhe mehr, um zu arbeiten. Es reichte ihm offensichtlich nicht mehr, ihr nachzustellen, sondern er bestellte Klamotten, Bücher, Blumen auf ihren Namen, die sie dann bezahlen sollte. Schließlich wurde Robert gerichtlich auferlegt, mindestens fünfzig Meter Abstand zu ihr zu halten. Wegen der Dinge, die er ihr geschickt hatte, lief noch ein Verfahren gegen ihn. Es wird schwierig, nachzuweisen, dass sie sich diese Dinge nicht selbst bestellt hatte.

Anna überlegte, in eine andere Stadt zu ziehen, aber als sie sich über ähnliche Fälle informierte, musste sie feststellen, dass es für die sogenannten Stalker ein Leichtes war, die Frauen in jeder anderen Stadt zu finden. Digital schien so ziemlich alles möglich. Ihre Freundinnen versuchten, sie zu beschützen. Eine von ihnen begleitete sie in die Bibliothek oder zum Sport. Ihre Eltern schlugen vor, wieder nach Ludwigshafen zu ziehen. Anna wehrte ab, sie suchte nach einer radikaleren Lösung. „Ich muss einfach verschwinden, mich sozusagen in Luft auflösen, die Frage ist nur wie", sagte sie sich, aber sie sprach mit niemandem über diese Möglichkeit, schon aus Furcht, Robert könnte es erfahren. Sie wusste, ihm würde viel einfallen, um ihre Freunde und Bekannten zum Reden zu bringen. Sie ging fortan häufig ins Kino, Robert folgte ihr, aber die Angestellten hinderten ihn daran, sich in ihre Nähe zu setzen, nachdem sie sich über ihn beschwert hatte. Robert grübelte, warum geht sie ständig ins Kino? Mit wem trifft sie sich da heimlich? In welcher Reihe sitzt sie? Anna dagegen sagte sich, ich brauche ungewöhnliche Ideen, ich will nichts nachahmen, nur meine Fantasie anregen, mir muss einfach etwas einfallen.

Die übrigen Bewohner in dem Haus, in dem sie lebte, die sich zunächst bei ihr beschwert hatten, begannen zu begreifen, was eigentlich los war. Sie öffneten Robert nicht mehr die Haustür und als er sie mit einem eigenen Schlüssel aufsperrte, riefen sie die Polizei. Robert nahm gelassen alles hin, auch dass man sich von ihm abwandte, über ihn redete, ihn beschimpfte. Er machte einfach weiter. „Eines Tages wird sie es einsehen und zu mir zurück kommen", sagte er sich selbst immer und immer wieder, bis er wirklich daran glaubte.

Anna nahm sich fest vor, einfach zu verschwinden. Ein Zufall half ihr schließlich dabei. Eines Samstags, die Innenstadt war brechend voll, gelang es ihr, Robert zu entkommen und sie traf Thomas Klett, einen Nennonkel und Freund ihres Vaters, von dem sie wusste, dass er seit einiger Zeit in Frankfurt lebte. Er hatte sie zufällig auf der Straße gesehen, sie angesprochen und lud sie auf einen Kaffee ein. Anna nannte es Glück, denn sie brauchte unbedingt einen Unbeteiligten, um mit ihm über ihre Pläne zu reden.

Das Gespräch tröpfelte zunächst so dahin, er fragte, wie geht es den Eltern, was machen die Bekannten in Ludwigshafen und ähnliches mehr. Schließlich versuchte Anna die Ausfragerei zu unterbrechen und sagte: „Und du Onkel Franz, immer noch im Immobiliengeschäft? " „Nein, nein, ich hab mittlerweile einen Posten bei der Stadt." „Und was machst du da?" „Du darfst es aber nicht an die große Glocke hängen, sonst kann ich mich vor Besuchern nicht retten." „Aber verrate es mir doch. Ich erzähle es niemandem." „Gut, weil du es bist. Ich bin der Verwalter der Wohnhäuser in der Neuen Altstadt." Anna musste einen Moment nachdenken. Sie kannte die neue Altstadt in- und auswendig und Onkel Franz ist der Verwalter? „Wirklich?", fragte sie. „Denkst du, ich schummle?" „Nein, nein, das ist doch ein sehr verantwortungsvoller Posten, oder?" „Das kannst du dir vorstellen, viel Arbeit, aber ich mach es gern. Hast du eine Ahnung, wer hier alles einzieht. Ich lerne die interessantesten Menschen kennen." „Sind denn alle Wohnungen schon verkauft?" „Die meisten, aber viele sind noch nicht eingezogen, haben es wohl vorläufig auch nicht vor." „Warum nicht?" „Das verraten sie mir nicht, aber ich denke, sie brauchen etwas für alle Fälle, wenn du verstehst." „Ja, ich kann es mir denken. Aber sag mal, ich habe da eine Idee." Sie überlegte kurz. Robert müsste noch in der Uni sein, er wird eben sein Referat halten, sie hatte ihn noch in den Seminarraum gehen sehen. Aber sie musste sich beeilen, vielleicht war er schon auf der Suche nach ihr.

„Onkel Franz, du kannst mich retten", sagte sie „aber ich muss mich beeilen. Ich erzähle dir jetzt die Kurzfassung." Sie berichtete hastig von ihrem Stalker und endete mit der Frage: „Wenn die Wohnungen noch nicht alle bewohnt sind, kannst du mich in eine reinschmuggeln? Ich bin still wie ein Mäuschen und verlasse sie nie." Onkel Franz war völlig überrascht von dieser Idee, aber voller Mitgefühl für Anna. Er schüttelte den Kopf und schaute einen Moment in die Ferne, schwieg und sagte schließlich. „Also gut, am dreizehnten Mai findet hier ein großes Fest statt. Da kommst du allein, ohne Gepäck. Einen Koffer mit deinen Sachen bringst du vorher zum Bahnhof, schließt ihn dort ein und übergibst mir den Schlüssel. Du selbst kommst nur mit einer kleinen Tasche, sonst nichts und nicht vor elf Uhr in der Nacht. Hast du verstanden." Anna nickte. Sie wollte vor Freude aufspringen, ihn umarmen, aber er legte ihr seinen Arm auf die Schulter. „Keine Szene, verschwinde jetzt einfach, als ob wir zufällig am selben Tisch säßen." Anna, etwas verwirrt, stand auf und eilte nach Hause. Vor der Tür wartete Robert. Er hielt die fünfzig Meter Abstand ein und rief: „Wo warst du?" „Was geht es dich an", schrie sie, ging ins Haus, stürmte die Treppen hoch, öffnete die Wohnungstür und warf sich auf ihr Bett. Dann sprang sie auf und rief: „Ich brauche einen Plan." Sie wühlte in ihrem Schreibtisch, suchte nach einem Heft, dann hielt sie inne, überlegte, schüttelte den Kopf. „Ich kann nichts aufschreiben, er würde es finden." Sie wanderte durch ihre Wohnung, stellte im Kopf eine Liste zusammen. Nach einer halben Stunde gab sie auf, bestellte sich eine Pizza, irritierte den Pizzaboten, weil sie ihn dreimal nach seiner Firma fragte. Sie verschlang die Pizza, trank ein halbes Glas Wein, dann schaltete sie den Fernseher ein, schaute sich einen Krimi an und ging schließlich um zehn ins Bett.

Sie erwachte gegen sieben Uhr, stand auf und begab sich unter die Dusche, zog sich an, frühstückte und verließ mit ihrer Handtasche die Wohnung. Robert stand unten. Sie beachtete ihn nicht und machte sich auf den Weg in die Uni. Er folgte ihr. Sie begab sich schnurstracks zu Herrn Schall, der Professor, bei dem Robert promovieren wollte. Er zog erstaunt die Stirn in Falten, als er sie erkannte. „Frau Wieland, was kann ich…" „Draußen steht Robert und verfolgt mich, können sie ihn nicht für einen Moment ablenken?" Er kennt ihre Geschichte, nickt, begleitet sie zur Tür, gibt ihr die Hand und sagt: „Überlegen Sie sich das gut. Das ist ein einmaliges Angebot." Robert, neugierig geworden, folgte ihm, nachdem er ihn zu sich gewunken hatte. Dort musste er sich anhören, dass er gefälligst die Verfolgung einer anderen Studentin auf dem Unigelände unterlassen solle. Anna rannte ein Stockwerk höher und suchte dort auf dem schwarzen Brett eine Anzeige, die sie vor einigen Tagen gelesen hatte. Sie schrieb die Telefonnummer auf und lief einen Stock höher zur Damentoilette, nahm ihr Handy aus der Tasche und verabredete sich mit dem jungen Mann, achtundzwanzig

Jahre alt, der eine Wohnung für sechs Monate suchte. Sie wird ihn am nächsten Tag treffen. Dann telefonierte sie mit ihrer Mutter, um anzukündigen, dass sie das Wochenende im heimatlichen Ludwigshafen verbringen wird. Am Tag darauf klingelte es, wie verabredet um zehn Uhr, herauf kamen gleichzeitig Robert mit dem Fahrstuhl und ein Mann Ende zwanzig, groß, schlank, dunkles, zurück gekämmtes Haar, zu Fuß. „Was will der bei dir?", schrie Robert. Herr Frank aus dem zweiten Stock öffnete seine Tür. „Wenn Sie nicht sofort verschwinden, rufe ich die Polizei." Robert kehrte um und schrie von unten hoch: „Den krieg ich noch." Anna sagte: „Danke, Herr Frank, können wir uns vielleicht für einen Moment in Ihrer Wohnung unterhalten?" Herr Frank lächelte. „Wie Sie das durchhalten Anna. Klar, kommen Sie rein. Ich wollte eh schnell die Zeitung holen, dann können sie miteinander reden." Er führte die beiden ins Wohnzimmer und verschwand.

Der Fremde hatte die Geschehnisse beobachtet. Er wartete einen Moment, räusperte sich und sagte, als Anna sich auch gesetzt hatte: „Brauchen Sie einen Beschützer, ich glaube, dass ich…" „Nein, auf keinen Fall", fiel ihm Anna ins Wort. „Ich werde verschwinden, mich in Luft auflösen und für diese Zeit will ich die Wohnung vermieten." „Also, ich suche eine Wohnung, die Gegend ist großartig, aber klären Sie mich doch einfach über Ihre Situation auf." Anna erklärte ihm, das Wichtigste in wenigen Worten. „Das wär es ungefähr", sagte sie, „allerdings muss ich Ihnen sagen, dass es sicher einige Abhörgeräte und vielleicht sogar eine versteckte Kamera in meiner Wohnung gibt." „Ich finde alles und wenn Sie wollen, wird nichts mehr davon funktionieren", erwiderte er rasch, „das ist mein Spezialgebiet. Aber wo wollen Sie denn hin? Wenn er schlau ist, kann er Sie überall finden." „Nein", erwiderte sie, „dort nicht." „Ich wünsche es Ihnen." „Danke." Nachdem Herr Frank zurückgekommen war, bat sie den jungen Mann: „Wir gehen jetzt rüber. Ich zeige Ihnen alles. Bitte kein Wort sprechen. Die Einzelheiten besprechen wir dann im Flur oder im Café gegenüber." Sie machten schließlich einen Vertrag in seinem Auto. Sie versprach ihm, er könne die Schlüssel bei ihrem Nachbarn holen, zwei Tage nachdem sie verschwunden sei. Sie wird ihm das Datum kurzfristig mitteilen. Außerdem hinterlässt sie ihm die Telefonnummer ihres Vaters, der wird sich kümmern, falls es Probleme gibt.

Am Samstag darauf fuhr sie im Zug zu ihren Eltern. Sie saß am Fenster, starrte hinaus, immer noch überlegend, ob sie an alles gedacht hätte. Plötzlich hörte sie von hinten kommend ein Getrampel und ehe sie sich versah, stieg ein Fuß neben ihr auf die Bank und Robert setzte sich neben sie. Sie warf ihm einen wütenden Blick zu, stand auf und setzte sich eine Reihe weiter neben einen Mann mittleren Alters. Robert schlich davon.

Zwei Tage später kam sie zurück nach Frankfurt, mit einem neuen Handy und einem neuen Laptop. Sie musste unbedingt vermeiden, dass Robert sie aufspürt. Ihre Eltern, die nur erfahren haben, dass sie verschwindet und nicht wohin, waren besorgt, aber das war nicht zu ändern. Anfang Mai, Fasching war längst vorbei, organisierte Anna eine riesige Party in ihrer Wohnung, Kostüme erwünscht. Schließlich kam der Tag, an dem Annas Kostümfeier stattfand. Zwei ihrer Freunde kontrollierten die Gäste, Robert durfte sich auf keinen Fall reinschleichen. Dann wurde die Tür verschlossen und gesungen, gelacht, getrunken und getanzt. Lange fiel niemandem auf, dass Anna kurz nach elf verschwunden war. Herr Frank, in die Sache, aber nicht in den Ort eingeweiht, fuhr sie aus der Garage mit dem Auto zum Willy-Brand-Platz. Von dort schlich sie sich in die U-Bahn. Zwei Tage später zog Oskar Peter in ihre Wohnung ein. Die Aufregung der Freunde und Bekannten war groß. Anna hatte nur wenigen Freundinnen eine Nachricht hinterlassen. Niemand ahnte, wo sie sich aufhält, sie war verschwunden und nichts wies darauf hin, wo sie sein könnte.

Robert schien langsam durchzudrehen, besonders, nachdem der neue Mieter eingezogen war. Er raste durch die Stadt, sprach jeden und jede an, der oder die Anna kannte. Er strich nachts durch die Straßen, telefonierte mit allen, die Anna mal irgendwann gesehen oder gesprochen hatte.

Zwei Wochen später. Anna hatte sich in ihrem neuen Domizil eingewöhnt. Tagsüber wurde ein Stundenplan eingehalten, in dem Sport, Arbeiten, Nachdenken, Briefeschreiben, Essen und Schlafen vorkamen. Die Lust, einmal aus dem Fenster nach unten zu schauen, an dem Dutzende von Besuchern vorbei flanieren und vielleicht zu ihr hoch schauen würden, verbot sie sich jeden Tag aufs

Neue. Selbst nachts war es verboten, einen Blick nach draußen zu werfen. Ihr Nennonkel Franz versorgte sie mit Essen und Getränken. Manchmal traute sie sich nachts, wenn totale Dunkelheit herrschte, für einige Minuten auf den Hof, um ein wenig frische Luft zu schnappen. Gelegentlich telefonierte sie über das neue Handy mit ihrem Bruder. Sie fühlte sich einigermaßen gut gelaunt und hoffte, dass sie durchhalten würde.

Robert dagegen befand sich in größter Aufregung. Er hatte immer geglaubt, er könne sie, egal wo sie sich aufhält, finden, aber er ahnte nicht einmal, wo sie sich versteckt hatte. Er war verzweifelt. Sie war nicht abgemeldet in Frankfurt, das wurde von ihm sofort geprüft, also wird sie irgendwann zurückkommen. Das beruhigte ihn zunächst ein wenig. Aber dann fiel ihm ein, dass dies ein Trick sein könnte, sich vorläufig nicht in Frankfurt abzumelden. Roberts Vater war besonders besorgt. Auch er glaubte, dass Anna keinen Grund hatte, seinen Sohn zu verlassen. Er telefonierte mit ihren Eltern. Das Ganze endete in einer gegenseitigen Beschimpfung, bis ihr Vater den Hörer auflegte.

Oskar Peter hatte mittlerweile sämtliche Abhöranlagen und Kameras in Annas Wohnung ausgeschaltet, was Robert nicht fröhlicher stimmte. Im Gegenteil er verfolgte und beschimpfte ihn. Nach der dritten Woche hatte Robert ausgerechnet in der Uni einen Auftritt inszeniert, in dem er die beiden Freundinnen von Anna mit derart obszönen Bemerkungen in die Ecke gedrängt und angeschrien hatte, dass einer der Professoren die Polizei rief, die ihn in die Psychiatrie einweisen lies. Sein Vater verlangte von den Ärzten, ihn unverzüglich zu entlassen, das sei doch nur wegen dieser Hexe, die ihn nicht in Ruhe lässt. Man schickte ihn weg, man hatte dort keine Lust auf zwei Patienten. Die Ärzte bemühten sich redlich um den jungen Mann, der entweder jeden anbrüllte, der sich ihm näherte, oder weinte, oder stumm die Wand anstarrte. Allmählich beruhigte er sich ein wenig, man versuchte es mit Gesprächen.

Anna befand sich in der fünften Woche in Isolation, na ja, beruhigte sie sich selbst, ich bin nicht total isoliert, Onkel Franz versorgt mich mit Essen, einmal die Woche telefoniere ich mit meinem Bruder und ein weiteres Mal mit Frau Z, derjenigen, für deren Zeitung ich meine kleinen Geschichten schreibe. Trotzdem, draußen ist Frühling, die Sonne scheint, bald beginnt die Badesaison. Aber ich muss eventuell noch zwei Monate in absoluter Einsamkeit verbringen. Sie versprach sich selbst, es zu schaffen.

Wer von den Insassen einige Wochen später in der Psychiatrie diesen Satz tatsächlich gesagt hatte, ein Mitpatient oder ein Pfleger, wurde nie geklärt. Doch die Wirkung, die er hatte, war überraschend. Es passierte im Aufenthaltsraum der Klinik. Mindestens zehn Personen waren anwesend, ein Großteil Patienten und einige Pfleger. Sie spielten miteinander, unterhielten sich, oder saßen einfach nur herum. Robert hatte wie so oft laut lamentiert. Er halte es nicht mehr aus, er müsse weg, seine Freundin suchen. Da sagte eine laute Stimme, nicht zu Robert, sondern zu einem älteren Mann, seinem Nachbarn – die beiden saßen einige Tische von Robert entfernt. „Was denkst du? Ich glaube, das Mädchen hat sich umgebracht. Sie hat es mit dem Idioten nicht ausgehalten. Er benimmt sich ja wie ein Wickelkind. Irgendwann im Sommer, wenn sie anfängt zu stinken, dann wird man sie finden." Einen Moment herrschte Totenstille. Dann kam der Aufruhr. „Wer war das?" Robert verließ den Saal, ein Pfleger lief ihm hinterher. Man konnte nicht herausfinden, wer da gesprochen hatte.

Für Robert brachte es die Wende. Er behauptete ständig, er könne ohne Anna nicht leben. Aber was, wenn sie tot ist? Robert wünschte nicht ihren Tod. Er stellte sich nur diese Frage. „Und wenn sie tot ist, muss ich dann auch sterben?" Es trieb ihn um. „Kann ich eine Tote lieben? Und eine, die mich nicht will?" Die Ärzte brauchten einen Moment, bis sie verstanden, dass Robert seinen Verstand wieder eingesetzt hatte. Die nächsten beiden Wochen gab es viele Gespräche, mal war Robert den Ärzten voraus, mal geschah es umgekehrt. Aber irgendwie gelang es ihm, sich aus dem finsteren Tunnel, in dem er steckte, heraus zu arbeiten. Man schlug ihm vor, sich in einem anderen Land weiter behandeln zu lassen, auch in einer anderen Sprache. Da er gut englisch sprach, war Kanada der Ort seiner Wahl. „Sie haben noch einen langen Weg vor sich", sagte sein Therapeut, „ wenn Sie sich wieder fit fühlen, sollten Sie dort weiterstudieren." „Sie meinen, ich soll so lange wie möglich dort bleiben?" „Ja, das wird Ihnen helfen."

Anna erfuhr von Roberts Abreise zwei Wochen vor Ende des dritten Monats. Sie wartete noch zwanzig Tage, aber er kam nicht – wie sie zunächst noch befürchtet hatte – zurück. Sie verließ die Festung. Sie war wieder frei.

Traum oder Alptraum

Ich bin schon seit meinen Zwanzigern ein begeisterter Hobbyfotograf. Von meinen Reisen in die europäischen Hauptstädte und während meiner Wanderungen in viele attraktive Gegenden Europas kehrte ich immer mit einer

Vielzahl von Fotografien zurück. Jene Fotos, die das, was ich mir beim Aufnehmen vorgestellt hatte, am besten trafen, ließ ich vergrößern. Dann hängte ich die Bilder für kurze Zeit in meinem Flur und dem Wohnzimmer auf und lud Freunde und Bekannte zur Besichtigung ein, die sich immer gern meine Werke anschauten. Oft hatten sie den Ort, an dem die Aufnahmen entstanden waren, schon selbst besucht oder aber sie sagten: „Also diese Stadt oder diesen Platz muss ich mir unbedingt für den nächsten Urlaub vornehmen." Das gab mir Auftrieb, immer fleißig zu fotografieren und auch mit ausgefallenen Ideen bei meinen Aufnahmen zu experimentieren.

Ich wohne nun schon beinahe fünfzehn Jahre in Frankfurt, ich lebe gern dort, ja ich liebe diese Stadt, aber ich habe nie versucht, die Besonderheiten und attraktivsten Gebäude und Orte dort zu fotografieren. Es störte mich, wo immer ich meine Kamera in die Hand nahm, um ein interessantes Motiv einzufangen, beispielsweise am Eschenheimer Turm, am Dom oder damals bei den ersten Hochhäusern der Innenstadt, entdeckte ich im Vordergrund mindestens ein Auto, meistens sogar mehrere und ich ließ die Kamera enttäuscht sinken. So entstand in mir ein Traum: Einmal in meinem Leben wollte ich ein Frankfurt ohne Autos erleben. Ich stellte mir vor, in der Stadt herum zu wandern und nirgendwo ein Auto zu entdecken. Ich begann darüber nachzudenken, wie so ein Moment entstehen könnte. Ich fantasierte von einer Zwangsräumung aller Personen- und Lastwagen im Raum Frankfurt für drei Tage. Kann doch passieren, dachte ich mir. Aber es geschah nichts.

Allmählich löste ich mich von diesem Traum und vergaß ihn schließlich ganz.

Jedoch in den letzten beiden Jahren bemerkte ich zu meinem Erstaunen und vor allem zu meinem Erschrecken, wie sich die Autos in Frankfurt vermehrt haben und ich erlebe es täglich, wie die Zahl weiter wächst. Wenn ich durch meine kleine Straße, in der ich wohne, laufe, um auf der Eschenheimer-Landstraße zu landen, dann sehe ich vielleicht höchstens vier Personen an mir vorübergehen. Auf diesem kurzen Weg stehen allerdings circa fünfzig Personenwagen, nicht zu vergessen die Automobile, die in den Garagen warten. Auf meinem weiteren Weg zur Innenstadt treffe ich bei schönem Wetter vielleicht zwanzig Personen, die Richtung Süden auf der einen Seite oder Richtung Norden auf der anderen Seite laufen. Aber auf jeder Seite rasen pro Minute mehrere hundert Autos rauf und runter, vorbei an den wenigen Menschen. Dann komme ich in die Innenstadt. Ich wandere nach links und dort befindet sich tatsächlich eine breite kurze Straße – frei von Autos, aber man trifft viele Menschen, die auf und ab wandern, Schaufenster betrachten oder einkaufen. Allerdings müssen sie sich manchmal gegenseitig ausweichen, denn es laufen auf dieser kurzen Wegstrecke häufig unzählige Personen herum.

In die andere Richtung, also nach rechts, läuft man ein Stück, dann wartet man, bis die Ampel rot anzeigt und beobachtet die vorbeifahrenden Autos. Dann überquert man die Straße und schlendert langsam vorbei an den vielen

Läden, Cafés und Restaurants rechts und links und betrachtet die Schaufenster. Der Weg ist autofrei, nur ganz selten fährt ein Lieferwagen vorbei, der da oder dort Ware anliefert. Allerdings am Ende der Fressgasse, wie man diesen Ort nennt, wenn die nächste Querstraße überwunden werden soll, muss man erneut auf das Grün der Ampel warten, während die Autos vorbeirasen. Nun befinden wir uns am Opernplatz, rechts die Alte Oper und links ein Park, der Richtung Süden führt, und in der Mitte ein wunderschöner Brunnen, der an warmen Sommertagen zum Verweilen einlädt, wirklich ein schöner Ort. Allerdings, wenige Meter weiter läuft wieder eine Querstraße mit großem Autoverkehr am Besucher vorbei. Gut, ich überquere sie und befinde mich auf der Bockenheimer-Landstraße, wandere dort entlang, begleitet von Automobilen, die hinauf oder hinunter fahren. Am Ende angelangt, überquere ich die nächste Querstraße und befinde mich in Bockenheim. Früher der Platz der Universität, heute ist nur noch ein kleiner Teil und die Universitätsbibliothek dort geblieben. Donnerstags herrscht hier viel Betrieb, denn es entsteht dort ein kleiner Markt. Viele Stände, die Eier, Gemüse, Obst, Fleisch, Käse, Brot und andere Leckereien anbieten. Viele Besucher aus ganz Frankfurt kommen hier vorbei um einzukaufen.

Ich biege nach rechts ab und schlendere entlang der Leipziger Straße, eine der beliebtesten Straßen der Stadt. Ein Ort, in dem Fußgänger und Autos nebeneinander herlaufen bzw. fahren und sich gegenseitig stören. Trotzdem lohnt sich ein Spaziergang bis zum Ende der

Straße, denn es gibt so viel zu schauen und zu kaufen. Dort auf der Leipziger – wie der Frankfurter sagt – wird meist allerbeste Ware angeboten.

Nun, zugegeben, meine Wanderung bestand bis jetzt nur aus einem winzigen Teil der Stadt. Aber natürlich kann ich auch nach Süden wandern und den Main bewundern. Nun muss ich mich zunächst durch die Innenstadt quälen, dort gibt es noch mehr Menschen, aber auch noch wesentlich mehr Fahrzeuge. Aber dann geht es über den Eisernen Steg, endlich wieder mal ein kurzer Weg ohne Automobile. Dafür drängeln sich dort auf der Brücke die Menschen. Aber es gibt von hier aus einen wunderbaren Blick nach rechts und nach links. Im Vordergrund der Main und dahinter Hochhäuser auf der einen sowie Dom und Kirche auf der anderen Seite.

Dann befindet man sich schon fast in Sachsenhausen, das zweite Frankfurt sozusagen. Rechter Hand fließt der Main gemächlich entlang, links eine Häuserreihe immer wieder unterbrochen von Museen, das Film Museum, das Städel, das Architektur Museum, um nur die bekanntesten zu nennen. Läuft man dann nach Sachsenhausen rein, begegnet man allem, was ein lebendiges Viertel ausmacht. Interessante Häuser, Geschäfte, Restaurants, Cafés. Das Verhältnis von sehr lebendigen Menschen, Einheimischen sowie Touristen und geparkten oder wild fahrenden Automobilen ist ungefähr dasselbe wie auf allen anderen Straßen der Stadt.

Als ich nach meinem Spaziergang wieder zurück im Nordend angekommen war, traf ich meinen Nachbarn. Wir setzten uns auf seine Veranda und tranken ein kühles Bier. Ich erzählte ihm von meinen Gedanken darüber, wie sehr die Automobile unsere Stadt beherrschen, da lächelte er und sagte: „Ich glaube, in einigen Jahren wird es keine Autos mehr auf den Straßen geben, da fliegen alle in sogenannten Drohnen über unsere Köpfe hinweg." Wir schauten uns an, lächelten und waren uns einig darüber, dass dies sicher keine Verbesserung sein würde, ganz im Gegenteil. Nun, wir sind beide weit über fünfzig, wir werden das hoffentlich nicht mehr erleben. Aus einem Bier wurden drei, aber was soll man bei diesen traurigen Aussichten sonst unternehmen.

Klimawandel, wir schreiben das Jahr 2024

Leoni und Jonas, beide Anfang zwanzig, haben sich vor einigen Jahren einer Initiative für den Klimawandel angeschlossen. Mittlerweile ist die Zahl der Mitstreitenden fast auf hundert gestiegen. Die Organisatoren sind junge Menschen zwischen zwanzig und dreißig Jahren. Sie wenden sich bei ihren Forderungen im Kampf gegen den Klimawandel nicht an die Politiker, sondern fordern die Menschen auf der Straße auf, täglich aktiv im eigenen Leben daran zu arbeiten. Sie glauben, nur wenn alle mitmachen, gelingt es, den Klimawandel aufzuhalten. Essen Sie weniger Fleisch. Fahren Sie weniger Auto. Brauchen Sie überhaupt eines? Oder muss denn unbedingt alles auf den Müll? Vieles ist doch länger brauchbar. Leider gibt es nicht besonders häufig positive Reaktionen. Allerdings tut sich auch in der Politik herzlich wenig, noch immer kein Tempolimit auf den Autobahnen. Der Stadtverkehr hat sich nur zögerlich ein wenig verringert, die Landwirtschaft hat sich kaum verändert, eigentlich passiert gar nichts. Jedoch die letzten Demos brachten zumindest viel Publikum, das zuschaute oder mitlief. Aber würde das wirklich helfen etwas zu verändern?

Leoni trägt schon lange einen Plan mit sich herum, zögerte bisher, ihn den Freundinnen vorzustellen. Aber heute fühlte sie sich bereit. Die Mädchen haben sich bei Ines, die im Zentrum wohnt, nach der Demo verabredet. Nach und nach sind die Freundinnen eingetroffen. Ines bietet Tee und Kaffee an. Leoni wartet noch einen Moment, dann steht sie auf: „Hört mir doch mal bitte einen Moment zu." „Schieß los!" „Also gut, ich habe da so eine Idee, die ich euch Frauen gern erzählen möchte, über die wir diskutieren sollten." „Ja und, warum so zögerlich", tönt es aus der Mitte. „Also", beginnt Leoni, „hört mich bitte bis zum Ende an. Wie wir alle wissen, tut sich fast gar nichts in der Klimapolitik. Also, meine Idee ist kurz gesagt, wir erpressen die Politik, in dem wir Frauen beschließen, keine Kinder mehr zu bekommen." Alle schweigen. „Die meisten von uns sind Mitte, Ende zwanzig. Wenn wir das durchziehen und die Politik tut etwas, können wir auch in fünf Jahren noch Kinder bekommen, oder falls nichts passiert, sollten wir uns fragen, ob wir das dann überhaupt noch wollen. Wir könnten das laut in die Welt rufen, vielleicht werden uns die Frauen in anderen Ländern folgen. Und hier ein weiteres Argument, wenn alles so weitergeht wie bisher, haben wir weltweit nicht mehr genug zu essen. Also werden viele Kinder verhungern. Wir wollen nicht, dass unsere Kinder unser heutiges Verhalten büßen müssen. Dann lieber keine, oder zumindest weniger bekommen. So, jetzt ist es gesagt, mehr sage ich erst mal nicht, sondern frage euch, was ihr darüber denkt." Alle reden durcheinander. Die einen lautstark, andere flüstern leise mit der Nachbarin. Leoni und Ines verständigen sich mit Gesten. Das Getuschel verflüchtigt sich. Leoni schaut in die Runde. „Also, wer will etwas dazu sagen?" „Aber ich will doch selbst bestimmen, wann ich meine Kinder bekomme." „Ich finde es gut, aber sie werden uns hassen." „Warum sollten sie uns hassen?" „Das ist so etwas Heiliges, dieses Kinderbekommen. Man sagt doch, wir Eltern leben fort in unseren Kindern." „Aber den Kindern so eine kaputte Welt zu hinterlassen, das ist in Ordnung?" „Ja, ich bin schon dafür, aber es wird nicht leicht für uns, oder?" „Nein, das glaube ich auch." „Aber vielleicht ist der Politik das egal, dann sind wir halt ein paar weniger." „Ich denke, das ist niemand egal, auch der Wirtschaft nicht." „Es wird einen Sturm der Entrüstung geben. Und die, die gegen uns sind, denen das Klima egal ist, werden einfach mehr Kinder bekommen." „Das will ich nicht hoffen. Aber wir müssen uns fragen, ob wir das durchhalten. Da kommt die große Liebe und wir wollen keine Kinder." „Meine Mutter schwärmt jetzt schon von ihren zukünftigen Enkelkindern." „Das werden wichtige Argumente dagegen sein." „ Wir müssen auch die Jungen befragen, falls wir uns einigen." „Ich kann mir schlecht vorstellen, dass dies der Politik wichtig ist, oder?" „Also ich habe mir da was zusammengestellt: Die Politik braucht die Menschen, schon allein auf dem Arbeitsmarkt." „Ja, und?" „Ich dachte, ihr solltet alle mal darüber nachdenken. Ich stelle meine Idee an unserem Treffen nächsten Mittwoch vor, da sollten auch unsere Männer dabei sein." „Macht schon mal Reklame." „Danke, also ich muss jetzt los, wir sehen uns."

Die Frauen laufen auseinander, teilweise in kleinen Grüppchen. Sie sprechen nicht über Leonis Vorschlag, es schien, als wollten sie das Nachdenken darüber zunächst verschieben, so sehr hat sie die Idee überrascht, sich vorzustellen, mit einem Plakat herum zu laufen, auf dem geschrieben ist: „Solange die Politik nicht mehr gegen den Klimawandel unternimmt, werden wir keine Kinder bekommen", fällt ihnen schwer.

Jeden Mittwoch treffen sich die aktiven Mitglieder der Gruppe, die das Organisatorische übernehmen: Neueste Nachrichten aus der Forschung sammeln und verteilen; die gemeinsamen Treffen und die eher seltenen Demonstrationen ausdenken und vorbereiten; Plakate erstellen; die Demo ankündigen und so weiter.

Niemand hat Leonis Plan ausgeplaudert. Der Wirt, ebenfalls aktives Mitglied, hat einen Raum für den frühen Abend angeboten. Man sitzt beisammen, trinkt Bier oder Cola und diskutiert über die Situation und die nächsten Schritte.

„Also, Leoni", sagt Jonas, nachdem alle eingetroffen sind, „du wolltest einen Vorschlag einbringen. Wir hören." Offensichtlich hat es sich schon herum gesprochen. „Ich finde, wir sollten vorschlagen, keine oder zumindest weniger Kinder auf die Welt zu setzen, solange die Politik auf den Klimawandel nicht energisch reagiert." „Wie kannst du dir nur so einen Schwachsinn ausdenken. Es gibt so viele Kinder auf der Welt, da kommt es auf einige weniger auch nicht an", ruft Ingo. „Also, ich finde die Idee nicht so schlecht", wirft Daniel ein, der ein wenig in Leoni verknallt ist. Das Zischen der übrigen lässt ihn verstummen. „Also gut, seid ihr bereit, mir einen Moment zuzuhören", erwidert Leoni. „Fang an", sagt Jonas, „wir hören."

„Gut, im Schnitt haben wir hier bei uns ungefähr sechshunderttausend Geburten jährlich. Wahrscheinlich durch Corona sogar etwas mehr, und achthunderttausend Todesfälle. Normalerweise wird…" „Also, das ist doch…" „Halt den Mund, lass sie ausreden." „Also, normalerweise wird der Unterschied durch die Zuwanderung ausgeglichen." „Wir brauchen diese Geburten, wären es wesentlich weniger, würde die Wirtschaft zusammenbrechen. Bei fünf Prozent Arbeitslosigkeit in den letzten Jahren wird quasi jeder benötigt. Wenn zwei Drittel der Frauen in den Zwanzigern keine Kinder mehr bekämen, wären das zweihunderttausend Kinder weniger. Was denkt ihr, was passiert, wenn wir die Zuwanderung derart erhöhen würden. Und bedenkt, der Großteil der Bevölkerung möchte doch deutsch bleiben oder?" Leoni hält inne, sie hat sich zwar bemüht langsam zu sprechen, aber man sieht ihr die Aufregung an. Ihr Gesicht ist gerötet, sie schließt ihre Fäuste, damit das winzige Zittern ihrer Hände nicht auffällt. „Also, wir hätten sie ganz schön im Griff. Und stellt euch vor, einige Länder würden bei den Geburten zulegen, und was bedeutet das?" „Gut, gut", unterbricht Peter, „wir haben verstanden. Aber, wollt ihr wirklich auf Kinder verzichten?" „Du hast keine Ahnung. Wir Frauen können mindestens bis Ende dreißig und länger gebären. Also die fünf Jahre könnten wir schon aushalten." „Vielleicht ist es möglich, dass wir Männer bis dahin Kinder bekommen können", wirft Sebastian ein. „Hört, hört, das sind ja ganz neue Töne", ruft Julia. „Also, danke, so habe ich es noch nie gesehen. Aber es wird Stunk geben. Wir werden noch mehr angefeindet werden, diesmal vor allem von rechten Gruppen. Ich höre sie schon schreien, sie wollen unser Land dem oder denen ausliefern und so weiter." „Ich finde es gut. Aber wir müssten es umdrehen. Nicht nur wir werden keine Kinder bekommen usw. sondern wir sollten alle Frauen dazu ermuntern, für einige Zeit auf Kinder zu verzichten."

„Daran hab ich nicht gedacht, das ist nicht schlecht", meint eine der Frauen. „Falls und bevor wir anfangen, müsst ihr Frauen einen Kurs in Selbstverteidigung machen. Viele, die unsere Idee nicht gut finden werden, könnten uns womöglich mit Aggressionen begegnen." „Also, ich schlage vor, wir machen eine große Befragung, wenn wir das wirklich durchziehen wollen, muss die Mehrheit von uns zustimmen. Sonst läuft nichts." „Schon richtig", wirft Julia ein, „aber diese Befragung muss geheim gemacht werden. Nichts darf nach außen dringen." Alle nicken zustimmend. „Gut, Leonie, wenn du einverstanden bist und ihr anderen auch, reden wir nächsten Mittwoch darüber, bringt Ideen mit und vorläufig keine Silbe an niemanden."

Es ist spät geworden, die meisten haben noch zu tun, die Arbeit, die Uni oder die Familie wartet. Langsam löst sich die Gruppe auf, man schwätzt nicht wie sonst, sondern verlässt den Raum ruhig, viele sind in ihre eigenen Gedanken versunken.

Eine leise, fast versteckte Gesprächsrunde ist im Gange. Sollen wir oder nicht? Kann man den Staat erpressen? Wieviel Hass werden wir dann auf uns lenken? Macht es überhaupt Sinn? Und der wichtigste Punkt: Wen und was können wir tatsächlich damit erreichen?

Dann passiert etwas, mit dem niemand gerechnet hat oder doch? Zwei Wochen später, die Demo ist gerade dabei sich aufzulösen, da springt ein Mann über die Straße, greift in seine Hosentasche und zieht eine Pistole heraus. Er zielt auf die auseinanderlaufenden Menschen, wartet einen Moment, als ob er noch darüber nachdenkt, dann zielt er noch einmal, streckt seinen Arm aus und schießt mehrmals hintereinander. Während alle schreiend davonrennen, stürzen sich einige der jungen Männer von hinten auf ihn, packen ihn, reißen ihm die Pistole aus der Hand. Jonas nimmt sie und hält sie an seinen Kopf, eine lange Minute lang, dann legt er sie vorsichtig auf den Boden. Die Polizei kommt mit lautem Getöse, springt aus den Autos, sie nehmen den Mann aus den Händen der Jungen und bringen ihn weg. Inzwischen ist auch der Rettungswagen eingetroffen, zwei Frauen und ein älterer Mann sind leicht verletzt worden. Streifschüsse wie die Zeitungen schreiben.

Diese halbe Stunde im September im Jahr 2025 hat einiges verändert. Die Idee, die Politik mit Kinderlosigkeit zu erpressen, ist vorläufig vom Tisch. Die Demos verlaufen irgendwie anders als früher, einerseits sind einige zuhause geblieben aber auch neue hinzugekommen. Jonas und Leonie haben neue Vorschläge unterbreitet. Es wurden

Wachen aufgestellt, Signale besprochen, viele der Demonstrierenden haben Verteidigungskurse besucht. Aber das Ziel ist dasselbe geblieben: der Kampf gegen den Klimawandel und gegen eine Politik, die ihn verschläft.

Ein Jahr später. Der Klimawandel ist weiter fortgeschritten. Weltweit herrschen entweder Trockenheiten oder Überschwemmungen, der Meeresspiegel steigt, immer mehr Menschen werden heimatlos, das Meer hat ihnen ihr Land genommen. Der dritte Virus nach Corona überrascht nicht besonders, man hat sich daran gewöhnt. Aber die Menschen, zunächst vor allem in Europa, sind ängstlicher geworden, erwarten mehr vom Staat, beschimpften ihn. Und wer hätte das gedacht, die Geburtenrate sinkt und zwar weltweit. Manche fragen sich, ob sie diesen Weltuntergang noch ihren Kindern zumuten können. Unsere Kinder werden uns hassen, sagen einige, denn für sie wird es zu spät sein, die Welt zu retten. In den ärmeren Ländern wütet der Hunger, die Erde gibt nichts mehr her. Dort sagen die Frauen, wir wollen nicht mehr zusehen, wie unsere Kinder, kaum geboren, an Hunger sterben müssen.

Leonie und Jonas treffen sich abends an ihrem Lieblingsort, einem Spielplatz im Park. Sie sehen sich öfter in letzter Zeit. Sie können beide nicht sagen, warum sie sich verabreden. Für beide ist die Berufsausbildung abgeschlossen. Jetzt geht es darum, einen passablen Job zu finden. Sie wollen weiterhin am Klimakampf mitarbeiten.

Wir schreiben das Jahr 2029

Frank Schmidt, seit zwei Jahren im Ruhestand und seit einem Jahr Witwer sitzt in seiner kleinen Küche am Tisch und frühstückt wie immer Brot mit Wurst und Käse. Dazu trinkt er einige Tassen Kaffee. Da klingelt es. Frank schüttelt den Kopf, murmelt: „Wahrscheinlich irgend so ein Vertreter." Da klingelt es zum zweiten Mal. Er steht auf, streckt sich, stolpert an die Wohnungstür, bringt den Hörer ans Ohr. „Hallo?" „Ein Einschreiben für Sie." „Ich komme." Er tippelt die Treppe runter und öffnet die Tür. „Morgen, was gibt es?" „Hier unterschreiben. Vom Staat." Frank schüttelt kurz den

Kopf, er unterschreibt und nimmt den Brief, sagt „servus" und geht zurück. Oben angekommen, öffnet er den Brief und liest. „Ich hab es gewusst", sagt er laut und dann noch drei Mal: „Ich habe es gewusst." Er liest ein zweites und ein drittes Mal, der Inhalt bleibt derselbe. Dann freut er sich.

Frank trägt noch ein Lächeln im Gesicht, als er die Wohnung verlässt, um seine Tochter, die nur wenige Straßen weiter wohnt, zu besuchen. Zunächst hatte er überlegt, ihr eine Mail zu schicken, diesen Gedanken aber dann verworfen. Er freute sich darauf, es ihr persönlich mitzuteilen. Es ist Samstag, sie werden alle daheim sein, die Tochter Tanja und Lucas der Enkel. Frank trällert leise ein Liedchen auf seinem Weg. Er drückt seinen Zeigefinger fünfundzwanzig Sekunden lang auf die Klingel. Tanja schaut die Treppe runter, um zu sehen, wer da kommt. Er klettert langsam die zwei Stockwerke hoch. „Bist du verrückt, mich so mit deinem Geläute zu erschrecken", ruft sie ihm zu, als er die letzten Treppen ein wenig schnaufend erklimmt. Schwer atmend steht er vor ihr. „Wenn du die Treppen jeden Tag fünfmal rauf und runter gingst, müsstest du nicht so keuchen. Also komm rein. Was ist los?" Frank sagt nichts, geht in die Wohnung, setzt sich im Wohnzimmer auf einen Stuhl. „Was ist los? Hättest auch telefonisch ankündigen können, dass du kommst. Magst du einen Kaffee?" Lucas kommt aus seinem Zimmer. „Hey Opa, was gibt's?" Frank wieder normal atmend sagt: „Also erst den Kaffee, dann erfahrt ihr die große Neuigkeit." „Was ist passiert? Ist der Heilige Geist über dich gekommen?" „So ähnlich, aber erst den Kaffee bitte." Tanja bringt den Kaffee, sie und Lucas nehmen ihm gegenüber Platz und schauen ihn abwartend an. Frank schweigt noch ein bisschen, er will es spannend machen. „Also kurz gesagt, ich gehe nach Berlin." „Jetzt hat es dich wirklich erwischt." „Nein, es ist wahr, schau hier den Brief." Sie nimmt ihn, steht auf, holt ihre Brille, setzt sich und liest. „Das glaube ich jetzt nicht." „Das habe ich auch gedacht. Aber es ist wahr. Ich gehe. Endlich. Ich habe so lange darauf gewartet."

„Du fährst nach Berlin? Kann ich mitkommen?", fragt Lucas der Fünfzehnjährige. „Vorläufig nicht, aber du kannst mich besuchen." „Klasse. Und wann?" „Also darüber reden wir später", fährt Tanja dazwischen. „Könntest du mir mal bitte erklären, was du in Berlin machen willst?" Frank nimmt ihr den Brief wieder ab und steckt ihn in seine Brusttasche und räuspert sich. „Also hast du noch nie davon gehört?" „Wovon?" „Seit nun genau sechs Jahren werden jedes Jahr zwölf Personen per Los ausgewählt, die dann für ein Jahr in Berlin die Politik begleiten." „Hab davon gehört. Und dich haben sie sich ausgesucht?" „Ja, für das nächste Jahr." „Und du fährst? Kannst du nicht absagen?" „Könnte ich. Aber ich fahre, ich bin ganz scharf drauf." „Du spinnst. In deinem Alter", sagt Tanja und räumt den Tisch ab. „Super Opa. Da kannst du mir gleich helfen. Ich muss nämlich für die Schule einen Vortrag über Politik halten. Thema kann ich mir aussuchen." „Da hast du gedacht, ich schreib ihn für dich?" „Nein, erzähl mir einfach was über dieses Jahr, seit wann sagst du gibt es das?" „Also ehrlich Junge, ich muss das erst mal verdauen. Ich muss eine Runde drehen, dann geh ich einkaufen. Schau doch einfach nach dem

Mittagessen bei mir vorbei. Dann berichte ich getreulich und erzähle dir alles, was du wissen möchtest."

„Gut Opa, ich komme um halb zwei." Frank verabschiedet sich, geht träumend und vor sich hin summend die Treppe hinunter. Als er schlafwandelnd vor dem Einkaufsladen steht, fragt er sich, „was will ich hier eigentlich?" Er kraust die Stirn und denkt nach. „Mittagessen und einen Schnaps zur Feier des Tages." Gut bepackt läuft er nach dem Einkauf nach Hause. Er legt die Tasche auf den Küchentisch. Eigentlich hat er keine Lust zu kochen, obgleich er das Essen fast fertig im Gepäck hat. Er wirft alles in den Topf. Zwanzig Minuten später sitzt er am Tisch und schaufelt alles in sich hinein. Danach gönnt er sich den ersten Schnaps.

Eine viertel Stunde später klingelt Lucas. „Also komm rein und setz dich. Ich muss erst noch mal einen Schluck trinken." „Aber Opa, wenn du beschwipst da in Berlin ankommst, schmeißen sie dich sofort wieder raus." „Du machst immer deine Mutter nach. Gewöhne dir das ab." Lucas grinst nur. „Also sprich, was wollen die Lehrer von dir?" „Wir sollen über Politik schreiben und uns selbst ein Thema suchen, über eine Person oder ein Ereignis." „Gut, hast du was zu schreiben dabei, die wichtigsten Punkte solltest du…" „Mach ich, schon kapiert. Geht's jetzt los?" Frank lehnt sich in seinem Sessel zurück. „Also so vor fünf, sechs Jahren, da war die Politik entweder unbeliebt oder keiner interessierte sich dafür. Das machte den Herren da oben große Sorgen." „Und den Frauen?" „Was?" „Gibt es keine Politikerinnen?" „Klar, also bring mich nicht aus dem

Konzept." Er atmet ein und aus. „Also, die Menschen vertrauten ihnen nicht mehr, sie horchten auf die Stimmen der krassesten Opposition, weißt du was Opposition ist?" „Klar." „Also, man machte sich Gedanken. Zunächst wollten sie mehr mitbestimmen lassen." „So, wie in der Schweiz?" „Respekt, du kennst dich aus. Ja so ähnlich. Aber so was muss langsam eingeführt werden. Dazu war keine Zeit. Also, es gab da einen Typen, ich weiß den Namen jetzt nicht, der hatte die Idee, jedes Jahr einige Menschen in die Politik zu holen für – na erst waren es sechs, dann zwölf Monate." „Wie sollte das gehen?" „Darüber hat man sich lange gestritten."

„Brachten sie das gleich in die Zeitung? Oder woher weißt du das?" „Nee, man hat von der ganzen Sache erst erfahren, als schon alles in, wie sagt man, in trockenen Tüchern war. Von den internen Querelen ist nur wenig durchgesickert." „Wie lange hat es gedauert, ich meine, bis es an die Öffentlichkeit ging?" „Ich denke mindestens ein Jahr. Dann aber ging es sofort los. Zwölf Personen wurden per Los ausgewählt und zwar aus jeder Altersgruppe, Frauen so viele wie Männer. Man konnte sich natürlich weigern, dann gab es andere." „ Also, ich erinnere mich ganz dunkel. Irgendwann gab es Terror, weil sie während des Jahres nicht mit der Presse reden durften, oder?" „Ja, stimmt. Die war ziemlich sauer. Aber es war richtig, sie hätten die armen Menschen schrecklich ausgequetscht." „Sind denn Journalisten auch ausgesucht worden?" „Nein, bestimmte Berufe wurden ausgegrenzt, auch Richter und teilweise auch die Polizei. Sag mal, mein lieber Enkelsohn.

Du bist ja ganz schön fit." „Das hast du nicht gewusst was. Hey ich werde in einigen Monaten sechzehn, was denkst du denn?" „Tanja sagt …" „Ja, sie meint, ich bin noch so kindlich. Ich lasse sie in dem Glauben, das beruhigt sie und jetzt, wo Vater für ein Jahr in der Ferne lebt, braucht sie jemanden zum Bemuttern." „Du bist schon ein rechter Schlingel." „Ja, wie ging es weiter?" „Eigentlich sehr gut. Natürlich gab es auch Widerstand, aber die meisten begrüßten es, und nur wenige sagten ab, wenn sie per Los gewählt worden waren. Ein oder zwei schrieben sogar Bücher über ihre Zeit in der Politik. Das waren Bestseller, soviel ich weiß." „Weiß man, was sie wirklich getan haben in diesem Jahr?" „Sie durften ein Ministerium wählen, in dem sie sozusagen mitarbeiteten. Es ging die Rede, sie würden nur gebraucht, um die Papierkörbe auszuleeren. Aber schon nach dem ersten Jahr hat es denen einer gezeigt, er sagte, als er nach dem Jahr verabschiedet und von der Presse belagert wurde, dass sie schon einiges mehr getan hätten, als Papierkörbe auszuleeren."

„Opa du hast dich ziemlich schlau gemacht über die Sache. Warum willst du denn unbedingt dabei sein?" „Ganz einfach, ich will die Politik mal von innen sehen. Was sie so machen den ganzen Tag. Wie Gesetze und Beschlüsse zustande kommen. Früher war Kritik an der Politik das einzige, was man hörte, da hat sich was Neues eingeschlichen. Ich will es erleben." „Da bin ich mal neugierig." Der Opa schüttelt kurz den Kopf. „Also lass uns weiter machen. Seit zwei Jahren haben die Länder das auch eingeführt. Sie weihen nur sechs bis höchstens zehn Menschen in ihre

Geheimnisse ein." „Kann ich nicht mitkommen und in Berlin zur Schule gehen?" „Deine Mutter würde mich in kleine Stücke hacken. Also jetzt schreib deinen Aufsatz. Wir haben noch drei Monate, um über alles nachzudenken." In den nächsten Tagen hüpft Frank durch den Tag und verbreitet seine Neuigkeiten. Niemand wird verschont, nicht Eddi der Mann vom Zeitungskiosk, weder die Altherrenriege, die sich jeden Freitag zum Bier bei Mutter Ernst trifft, noch die Skatrunde am Dienstag. Selbst auf der Straße hält er jeden an, dem er schon öfter begegnet war, um von seinem Glück zu sprechen. Nach einer Woche fühlt er sich erschöpft, er bleibt morgens im Bett und fühlt sich, als könne er nie wieder aufstehen.

Nach drei Tagen kommt Tanja. „Raus aus dem Bett", brüllt sie, nachdem sie ihm die Hand auf die Stirn gedrückt hat. Frank schleicht sich ins Bad, duscht, zieht sich an und er fühlt sich besser. Tanja hat derweil Kaffee gekocht, es riecht nach frischen Brötchen. Frank setzt sich und beginnt einen Bissen nach dem nächsten zu verschlingen. Nach einer Weile lehnt er sich zufrieden zurück. „Und, glaubst du wirklich, du kannst ohne mich in Berlin überleben?" Tanja lächelt siegessicher. Er antwortet nicht. Er schaut heimlich auf die Uhr und ist beruhigt. In zehn Minuten wird Tanja ihn verlassen, sie muss zur Arbeit. Danach räumt er auf und er kommt ins Grübeln. In Berlin so in den Tag hineinleben, wie er es in den letzten zwei Jahren seit er in Rente ist, getrieben hat, das wird dort vorbei sein. „Ob ich das noch durchhalte", fragt er sich. Es vergehen einige Tage, in denen Frank mit sich selbst ringt. „Kann ich das, will ich das, wie soll das gehen?" Er meidet die Kontakte mit den Freunden und spaziert leise mit sich selbst sprechend durch die Gegenden. Dann eines Morgens, schlägt er mit der Faust auf den Tisch und ruft laut: „So geht das nicht weiter." Er schickt seine Antwort nach Berlin und beginnt ein neues streng getaktetes Leben. Aufstehen um sieben Uhr, nach dem Frühstück eine halbe Stunde Sport, dann Büroarbeit, z.B. liegengeblieben Briefe ordnen, Bankauszüge, Rechnungen etc. bearbeiten, Mittagessen um halb eins. Er kocht selbstverständlich selbst. Nach dem Essen fünfundvierzig Minuten spazieren gehen, dann kurze Pause, um sich danach der Politik zu widmen, z.B. Zeitungen und schlaue Bücher über sein Thema lesen. Tanja bemerkt den Wandel ziemlich spät. Sie versucht es ein letztes Mal, ihm die Reise nach Berlin auszureden. Danach schweigt sie.

Am sechsten Januar 2030 verlässt er die Stadt. Tanja und Lucas bringen ihn zum Bahnhof. Tanja rattert noch alle Ratschläge, die ihr einfallen, herunter. Lucas bittet Kurt, ihm bald zu schreiben. Ausgemacht ist, er besucht ihn in den Ferien in Berlin. Als Frank endlich allein im Zug sitzt, verschwinden alle Ängste, er weiß, es wird ein anstrengendes, aber aufregendes und gutes Jahr.

Im Zug packt ihn dann doch die Nervosität. Einerseits fragt er sich, ob er alles gut vorbereitet habe und andrerseits, ob er das schafft, ob er sich das wirklich zumuten kann. Er will sich auf keinen Fall blamieren.

Aber dann, zumindest ist der Anfang recht entspannt. Ein junger Mann holt ihn am Bahnhof ab und bringt ihn in sein zukünftiges Domizil. Eineinhalb Zimmer mit einer Kochnische und einem kleinen Badezimmer. Am nächsten Tag nimmt er an einer langen Führung durch Berlin teil und lernt seine Mitstreiter kennen. Er muss sich für ein Ministerium entscheiden. Dann, und das streicht er rot in seinem Kalender an, beginnt für ihn die Arbeit.

In den Osterferien besucht ihn sein Enkel, da hat er sich schon gut eingelebt, aber er erzählt ihm nicht zu viel. „Warte es ab", sagt er, „ich muss das alles noch viel besser kennenlernen."

Als er nach einem Jahr in die Heimat zurückkehrt, hat er viel zu erzählen, aber er drückt sich auch ein bisschen davor, all die Fragen, die man ihm stellt, zu beantworten. Dann erarbeitet er sich ein festes Statement: „Also, ich will euch was sagen, es ist wie im normalen Leben oder in einer großen Firma: Es gibt die, die sich in ihre Arbeit hineinknien, die das Beste für ihre Firma oder ihr Land wollen, dann die, die ihre Arbeit gern machen, sich weiterbilden, die es aber nicht übertreiben, dann gibt es die, die nur eines denken, sie wollen aufsteigen und nochmal aufsteigen, am besten bis zum Kanzleramt, dann sind da noch jene, die versuchen, in allem und jedem etwas für sich persönlich herauszuschlagen. Wie gesagt, wie im wirklichen Leben. So, mehr gibt's dazu nicht zu sagen."

Irgendwann will Frank nicht mehr darüber sprechen. Aber heimlich beschließt er, ein Buch zu schreiben, in dem er seine Gedanken zu diesem Jahr offen legt.

Die Autorin

Hanne Katz, geb. 1940 in Augsburg; Fotografenlehre mit Gesellenprüfung; lebt seit vielen Jahren in Frankfurt am Main; studierte dort Pädagogik und Sinologie; unterrichtete viele Jahre Fotografie – unter anderem auch in einem Frauengefängnis; arbeitete einige Jahre als freie Journalistin – Themen: Kinder, Erziehung, Fotografie; fünfzehn Jahre tätig im sozialpädagogischen Bereich.

Während ihrer Arbeit als Sozialpädagogin bekam Hanne Katz viele Einblicke in die Lebensgeschichten von Menschen aller Altersgruppen. Dabei wurden ihr viele alltägliche, aber auch erstaunliche und unglaubliche Geschichten erzählt. Die immer schon an Menschen interessierte Autorin fing irgendwann an, einige davon aufzuschreiben. Um die Personen zu schützen, variiert sie jede Geschichte, mischt sie mit eigenen Erfindungen oder erfindet ähnliche Begebenheiten ganz und gar selbst. Mit ihrem ersten Buch „Tage, die man nicht vergisst" stellt sie im Februar 2021 erstmals achtzehn ihrer Geschichten vor. Der Erfolg lässt nicht lange auf sich warten und so erscheinen bereits im Januar 2023 weitere vierzehn ihrer Kurzgeschichten. Dieser zweite Band trägt den Titel „Nicht alle Tage scheint die Sonne."